SAIT-ON JAMAIS!

Grande ✦ Nature

SAIT-ON JAMAIS!

MICHEL LEBOEUF

ÉDITIONS
MICHEL
QUINTIN

Données de catalogage avant publication (Canada)

Leboeuf, Michel, 1962-

   Sait-on jamais!

   (Grande nature)
   Pour les jeunes de 11 ans et plus.

   ISBN 2-89435-233-6

   I. Titre. II. Collection.

PS8573.E335S24 2003   jC843'.6   C2003-941439-6
PS9573.E335S24 2003

Révision linguistique: Monique Herbeuval
Illustration: Jocelyne Bouchard

La publication de cet ouvrage a été réalisée grâce au
soutien financier du Conseil des Arts du Canada et de la
SODEC. De plus, les Éditions Michel Quintin bénéficient
de l'aide financière du gouvernement du Canada par
l'entremise du Programme d'aide au développement de
l'industrie de l'édition (PADIÉ) pour leurs activités
d'édition.

Gouvernement du Québec – Programme de crédit
d'impôt pour l'édition de livres – Gestion SODEC

ISBN 2-89435-233-6

Dépôt légal - Bibliothèque nationale du Québec, 2003
Dépôt légal - Bibliothèque nationale du Canada, 2003

© Copyright 2003
Éditions Michel Quintin
C.P. 340, Waterloo (Québec) Canada J0E 2N0
Tél. : (450) 539-3774   Téléc. : (450) 539-4905
Courriel: mquintin@mquintin.com

1 2 3 4 5 6 7 8 9 0 G A G N E 9 8 7 6 5 4 3
Imprimé au Canada

Croque-monsieur

En cette fin d'après-midi, ils n'étaient plus que quelques-uns dans la salle de rédaction du journal, dont Marie-Hélène qui, tortillant une mèche de ses cheveux blonds, tentait de terminer un article. Un autre article sans intérêt. Un papier insipide.

Elle aurait voulu faire la première page encore une fois. Il y avait des mois que cela ne lui était plus arrivé. Mais seulement voilà, le chef de pupitre ne lui faisait pas confiance. Il ne lui donnait que les petits trucs de rien du tout. Des faits divers quelconques qui n'atteignaient jamais la une. Marie-Hélène aurait bien aimé, pour changer, pouvoir travailler sur une nouvelle, une vraie. Quelque chose d'intéressant. N'importe quoi ferait l'affaire, du moment que ce soit suffisamment gros pour apparaître en grandes lettres noires sur la première page du tabloïd.

Le téléphone sonna.

— Marie-Hélène Léger? demanda une voix bourrue au bout du fil.

— Oui.

— La journaliste?

Marie-Hélène soupira.

— Oui, répéta-t-elle. Bien sûr que oui.

— J'ai une nouvelle à vous communiquer.

— Ah?

— Mais c'est un peu difficile à croire… J'ai pourtant des preuves…

— De quoi s'agit-il?

— D'alligators dans les égouts.

— Comment?

— Des alligators… des crocodiles, si vous préférez… fit l'homme en baissant le ton, chuchotant presque au bout du fil. Il y a des alligators dans les égouts… Ils se promènent en dessous… en dessous de nous… un peu partout… sous nos pieds… sous la ville…

À intervalles réguliers, environ tous les deux ou trois mois, Marie-Hélène recevait ce genre d'appel; chaque fois un nouveau cinglé, avec une primeur, une nouvelle inédite, originale. Des trucs ridicules, imaginés par des tordus qui cherchaient à se rendre intéressants. Et voici que l'un d'eux lui sortait aujourd'hui une vieille légende urbaine.

— Écoutez, fit-elle avec une pointe d'exaspération dans la voix, les alligators dans les égouts, c'est un peu v...

— Je vous ai dit que j'avais des preuves. L'homme haussait le ton.

Marie-Hélène, se disant qu'il valait mieux ne pas contredire le malade, demanda posément après un bref silence :

— D'accord, d'accord. Vous en avez vu combien?

— Un seul. Mais ils sont plusieurs... j'en suis sûr.

— Vous êtes chasseur d'alligators professionnel?

Elle n'avait pas pu s'en empêcher. C'était sorti tout seul.

— Non, madame, reprit l'homme sèchement. Je travaille pour la voirie municipale, j'inspecte les canalisations souterraines. Je passe ma vie dans les égouts, si vous voulez tout savoir…

L'homme des égouts s'arrêta puis reprit, cette fois sur le ton de la confidence:

— Bien des fois, j'ai soupçonné leur présence. Bruits suspects, glissements dans l'eau, mouvements perçus du coin de l'œil… Mais aujourd'hui… aujourd'hui, j'en ai vu un, enfin! Un gros. Il était sur une plate-forme de béton à la jonction de deux conduits. Je l'ai surpris, il s'est enfui d'un coup de queue.

— Et votre preuve?

— Ben, je l'ai vu, madame, de mes yeux vu.

Marie-Hélène garda le silence.

— Si ça ne vous intéresse pas, reprit l'homme, faut le dire tout de suite. Il y a d'autres médias en ville…

De deux choses l'une, soit elle lui raccrochait au nez et laissait filer l'histoire (au risque que celle-ci soit reprise par un autre média, auquel cas son chef de pupitre allait être furieux), soit elle jouait la nouvelle avec retenue, en gardant ses distances vis-à-vis de ce témoin et de cette histoire plus ou moins plausible. Qu'est-ce qu'elle avait à perdre? Quelques heures tout au plus. Cette nouvelle-là pouvait très bien se retrouver en page deux ou trois; une belle petite nouvelle insolite qui se glissait très bien entre deux accidents routiers et un règlement de compte entre motards, le genre de petit truc distrayant qui déridait le lecteur. Le chef de pupitre allait adorer. Ce n'était pas le scoop du siècle, mais c'était nettement mieux que l'ordinaire.

— Vous êtes toujours là? fit l'homme au bout du fil.

Elle consulta sa montre. Il lui restait quelques heures avant le bouclage du journal. Courte entrevue, photo du témoin et des lieux, retour rapide au journal et rédaction: oui, elle avait le temps.

— Bien sûr que je suis là, répondit-elle. Alors, où voulez-vous qu'on se rencontre?

* * *

Début décembre, première neige. Circuler en ville était toujours plus difficile ces jours-là. Le photographe du journal – qui pilotait avec assurance la voiture de la salle des nouvelles – les conduisit au rendez-vous à l'angle de deux rues anonymes, dans un secteur du nord de la ville où Marie-Hélène n'était jamais venue.

Une camionnette des travaux publics y était stationnée. La nuit était tombée depuis un moment déjà. De gros flocons mouillés s'écrasaient sur le pare-brise.

Près du trou d'homme resté ouvert, entouré d'un garde-fou en toile jaune sur laquelle se détachait un avertissement en lettres rouges : « Attention – danger – travaux en cours », l'inspecteur d'égouts attendait. Marie-Hélène boutonna son manteau et sortit le rejoindre.

— C'est là-dessous que ça s'est passé? demanda-t-elle un peu excitée en montrant du doigt l'ouverture béante, sans penser dire bonjour ni se présenter à son témoin.

— Oui, fit l'inspecteur.

Le regardant enfin, Marie-Hélène fut ravie de constater que cet homme d'une cinquantaine d'années semblait tout à fait crédible. Son regard était franc. Et, tandis que le photographe – un vieux routier qui n'avait pas besoin qu'on lui dise comment ni quoi photographier – mitraillait tour à tour le trou d'homme et le témoin, illuminant la scène de flashes aveuglants, Marie-Hélène eut la certitude que l'histoire de l'homme était vraie.

* * *

Dans la salle de rédaction, tortillant une mèche de ses cheveux, Marie-Hélène relisait avec contentement son article en page 2 de l'édition du mercredi 3 décembre.

Des alligators sous la ville?
Marie-Hélène Léger

Un inspecteur des canalisations souterraines travaillant pour la municipalité a confirmé hier avoir fait une rencontre plutôt étonnante dans les égouts de la ville: un alligator.

Le reptile, aperçu au détour d'un coude dans un collecteur d'eaux usées, serait – aux dires du témoin oculaire, monsieur Bernard Raymond – de très grande taille. L'animal aurait détalé rapidement lorsque la lampe frontale de monsieur Raymond l'a subitement éclairé. Le témoin affirme par ailleurs avoir eu le temps d'observer le dos couvert d'écailles de l'alligator et le mouvement ondulatoire de sa longue queue musclée avant que celui-ci ne disparaisse sous l'eau opaque des égouts.

« C'est la première fois que je réussis à en voir enfin un. Mais après des années de travail, des heures et des heures passées dans les égouts, je sais qu'ils sont plusieurs. Sans doute des dizaines. J'ai souvent entendu des bruits étranges et vu du mouvement dans l'eau », a précisé monsieur Raymond.

Il s'agirait de la première mention d'alligators dans les égouts de notre ville, mais rappelons que de telles observations ont déjà été enregistrées dans d'autres grandes villes du monde, à New York et à Paris notamment. Bébés alligators achetés comme animaux de compagnie puis relâchés en douce dans les égouts, reptiles adultes échappés de captivité, animaux mutants? Légendes urbaines? Il était trop tard hier soir pour joindre des spécialistes de la question, mais nous vous tiendrons au courant dans les prochains jours du déroulement des faits dans cette affaire.

L'article était accompagné d'une photo du témoin, debout devant le trou d'homme où avait eu lieu l'entrevue. Marie-Hélène reposa le journal et balaya la salle du regard. Elle constata, satisfaite, que le chef de pupitre s'approchait de son bureau.

Le front en sueur même s'il n'était que dix heures du matin – il transpirait beaucoup et avait constamment le front et les mains moites –, il se pencha vers elle.

— Beau travail, Marie, fit-il à son oreille.

Il avait la désagréable habitude de toujours raccourcir son prénom de la sorte. Cela exaspérait Marie-Hélène. Mais aujourd'hui, elle n'y prêta aucune attention. Pour une rare fois, il était content d'elle. Il en redemandait d'ailleurs.

— Je veux un *follow-up* pour l'édition de demain, dit le chef de pupitre. Aujourd'hui, on a publié une seule version des faits, celle de ta source. Demain, je veux des angles nouveaux, des explications sur ces bestioles-là et aussi sur la fabrication des légendes urbaines par des personnes crédibles. Des experts, des profs d'université. Ce genre de types. Il faut creuser l'affaire, établir un parallèle entre les différentes versions, rapporter des opinions contradictoires.

— Bien, d'accord, répondit-elle.

— Et on peut exploiter le filon pendant quelques jours. Imagine, on a déjà reçu des appels de lecteurs inquiets!

Le téléphone sonna.

Le chef de pupitre lui fit un signe de la main qui signifiait: «Je vais revenir te voir plus tard...», puis il s'éloigna d'un pas rapide.

— Marie-Hélène Léger? demanda une voix fâchée au bout du fil.

— Oui.

— Je suis le patron de Bernard Raymond.

— Oui?

— Je voulais seulement vous dire, chère madame, que vous êtes vite en affaires. Vous avez publié tout ce qu'il vous a dit, sans vérification auprès des autorités des travaux publics, sans vérification auprès de ses collègues... Vous entrez dans son jeu, madame.

— Comment ça?

— Raymond, c'est un employé à problèmes. Tout ce qu'il veut, c'est qu'on parle de lui. Tout ce qu'il veut, c'est attirer l'attention.

— Pourquoi?

— Je n'en sais rien. Vous lui demanderez.

— Pourquoi est-ce qu'il ferait ça? répéta Marie-Hélène.

— Il a toujours été comme ça. C'est un malade, un gars qui passe trop de temps dans le noir et qui s'imagine voir des choses. À part lui, personne d'autre de mon service n'a vu ou cru voir ces supposés crocodiles. Ce n'est pas la première fois qu'il essaie de convaincre des journalistes, de faire parler de lui avec ça. C'est vrai qu'il joue bien la comédie, il peut avoir l'air très crédible quand il s'y met. Mais vous, les médias, vous êtes toujours les premiers à mordre à l'hameçon. J'espère que vous allez arrêter ça maintenant, parce que sinon, nous...

— Au contraire, monsieur, le coupa Marie-Hélène, au contraire, les lecteurs en veulent encore plus. Je...

Il avait déjà raccroché.

Le patron de Raymond avait-il raison? L'inspecteur était-il en manque de publicité? Avait-il tout inventé? Avait-elle manqué de discernement?

* * *

Au beau milieu de l'après-midi, une petite neige s'était mise à tomber. Assis bien au chaud dans la voiture du journal stationnée près du trou d'homme, Marie-Hélène et le photographe écoutaient la radio, en attendant l'arrivée des personnes à qui ils avaient donné rendez-vous.

À l'antenne d'une station où était diffusée une tribune libre, des auditeurs s'exprimaient au sujet des alligators dans les égouts.

— C'est de la foutaise, dit l'un d'eux, une histoire inventée.

— Pourquoi dites-vous ça? demanda l'animateur.

— Voyons, ce n'est pas sérieux. Des crocodiles qui vivent dans les égouts… C'est une vieille histoire qui refait surface de temps en temps. Une histoire qu'on a mille fois entendue. Et personne n'a jamais réussi à prouver quoi que ce soit.

— Pardonnez-moi de vous contredire, répondit l'animateur, mais en février 1998, un jeune crocodile a été trouvé dans les toilettes d'un grand hôtel à Paris. Dans la même ville, en 1984, les pompiers ont capturé un gros crocodile du Nil qui se promenait comme ça, dans les égouts…

— Et d'abord, qu'est-ce qu'ils boufferaient, ces animaux-là?

— Des déchets, des rats peut-être, suggéra l'animateur. Merci pour votre intervention, nous passons à un autre appel...

— Tout ça, c'est vrai! dit un autre. Avec toutes les bestioles que les gens jettent dans les toilettes quand ils n'en veulent plus, des poissons rouges, des petites souris blanches, des serpents, c'est pas étonnant que les crocodiles engraissent! Il y a une vraie faune là-dessous. Il faudrait que le gouverne...

Marie-Hélène éteignit la radio en souriant.

Ils descendirent de voiture; Bernard Raymond venait tout juste d'arriver.

Une autre automobile vint se ranger près de la camionnette des travaux publics. Un jeune homme portant une courte barbe et des lunettes en descendit. Marie-Hélène le rejoignit, lui serra la main, puis le présenta à l'inspecteur d'égouts.

— Monsieur Raymond, voici Claude Julien, docteur en herpétologie.

— Docteur en quoi? demanda Bernard Raymond.

— En herpétologie, l'étude approfondie des reptiles, si vous préférez, précisa

Marie-Hélène. Monsieur Julien va nous
aider à identifier l'empreinte que vous
avez trouvée.

L'inspecteur d'égouts l'avait contactée
peu avant midi, pour lui dire qu'il avait
trouvé une preuve matérielle : une
empreinte d'une des pattes de l'alligator
dans la boue, à l'endroit où, hier, il avait
aperçu l'animal.

Quelques heures plus tard, Marie-
Hélène avait réussi à dénicher cet expert
pour l'aider à départager le vrai du
faux. L'analyse de l'empreinte allait
déterminer si oui ou non Bernard
Raymond disait la vérité. Le spécialiste
en question – un étudiant au doctorat
qui s'y connaissait suffisamment pour
détecter la supercherie s'il y en avait une
– avait accepté sur-le-champ et très
gentiment de lui donner un coup de
main.

— Vous n'avez pas d'objection à ce
que monsieur Julien descende avec nous
dans le conduit, n'est-ce pas? demanda
Marie-Hélène à son témoin.

— Pas du tout... dit l'inspecteur
d'égouts, bien au contraire... C'est une
excellente idée que vous avez eue là,

madame Léger. Nous allons confondre les sceptiques...

Tandis que l'inspecteur retirait le garde-fou et aidait le photographe et l'herpétologiste à descendre le long de l'échelle étroite qui les conduisait dans le noir, Marie-Hélène étudia son visage pour tenter de décoder ses émotions. Bernard Raymond s'en aperçut, releva la tête et lui adressa un franc sourire.

— À votre tour, madame Léger... fit-il alors.

* * *

Éclairés uniquement par la lampe frontale de l'inspecteur, ils avançaient le long d'un large conduit sombre et malodorant. Le faisceau lumineux se déplaçait sur les parois humides du tuyau de béton à la cadence des pas de l'inspecteur. S'ajoutant à l'odeur infecte, ces mouvements saccadés aggravaient la nausée de Marie-Hélène. Ils pataugeaient dans une eau opaque, croupie. Une eau épouvantable. Marie-Hélène comprenait pleinement l'inspecteur : on pouvait facilement imaginer qu'il s'y trouvait toutes sortes de bestioles inquiétantes, menaçantes, en train de nager, de guetter, et même d'attaquer.

— Voilà, c'est ici, dit enfin Bernard Raymond en s'arrêtant à l'endroit où la canalisation s'embranchait sur un autre conduit.

L'inspecteur dirigea le rayon lumineux de sa lampe frontale sur une plate-forme de ciment couverte de boue séchée. Ils s'approchèrent.

Plusieurs grandes traces informes, difficiles à interpréter, marquaient la boue glaiseuse. On aurait dit qu'une grosse bête avait rampé jusque-là, s'était enfoncée dans la boue puis était repartie précipitamment en balayant tout de sa grosse queue.

Mais sur la gauche, Marie-Hélène remarqua – au même moment que les autres, lorsque l'inspecteur l'éclaira – la belle empreinte profonde, quasi parfaite, d'une patte de reptile; une patte énorme.

— Ben ça, alors! lança, étonné, le spécialiste des sauriens.

* * *

Tortillant une mèche de ses cheveux, Marie-Hélène relisait – encore une fois – son article dans l'édition du jeudi 4 décembre.

Mystère sous la ville : L'alligator laisse son empreinte
Marie-Hélène Léger

L'alligator des égouts a laissé sa marque : l'inspecteur des canalisations souterraines, qui racontait hier dans les pages de ce journal sa rencontre avec l'alligator, a fait la découverte d'une belle empreinte fraîche laissée par l'une des pattes de l'animal.

Monsieur Bernard Raymond a en effet conduit hier les représentants de notre journal – qui étaient accompagnés d'un spécialiste des reptiles – sur les lieux mêmes de cette rencontre. Conscient du fait que son récit soulevait la controverse, monsieur Raymond était retourné à l'endroit où il avait aperçu la bête pour tenter de mettre au jour une preuve supplémentaire qui pourrait corroborer son propre témoignage. C'est alors qu'il trouva cette empreinte laissée par le reptile sur les lieux (voir photo).

Après avoir examiné très attentivement l'empreinte, monsieur Claude Julien, *spécialiste en herpétologie (branche de la zoologie qui étudie les reptiles), a déclaré que celle-ci correspondait bien (en forme et en dimension) à celle qu'aurait pu laisser l'Alligator américain (Alligator* missis-sippiensis).*

Monsieur Julien a tenu à préciser qu'il faudrait toutefois effectuer des analyses complémentaires sur l'échantillon de l'empreinte avant de pouvoir confirmer cette information. Le spécialiste a ainsi prélevé une large section de boue séchée pour des tests rigoureux en laboratoire.

Selon un autre scientifique, le professeur Joseph Brickman de l'université de Floride, l'Alligator américain est une espèce protégée du sud des États-Unis, dont plusieurs spécimens ont fait l'objet, ces dernières années, de lâchers sporadiques visant à recoloniser ses habitats naturels. Il serait donc possible que certains spécimens destinés à être relâchés dans la nature aient été vendus au marché noir et offerts en vente libre dans certaines animaleries du continent nord-américain. Comment l'animal s'est-il retrouvé dans les égouts, et comment a-t-il pu survivre et atteindre l'âge adulte dans un habitat aussi particulier? Tout ceci reste un mystère.

L'article était accompagné d'une grande photo – et en couleurs s'il vous plaît – de l'empreinte de la patte de l'animal. Une superbe photo, précise, non équivoque.

Mais ce qui faisait le plus plaisir à Marie-Hélène, c'était l'emplacement de son article : la une, la première page. Enfin.

Penchée sur le journal étalé sur son bureau, Marie-Hélène contemplait son nom, juste au-dessus de l'article sur deux colonnes, lorsqu'une goutte de sueur tomba sur le premier paragraphe.

Elle releva la tête; le chef de pupitre au front moite lui souriait.

— Eh bien, on dirait que ton histoire de crocodile fait le tour de la ville! Tout le monde ne parle que de ça. Bravo, Marie! Il faut continuer l'histoire demain... Des témoignages de citoyens qui s'inquiètent, des responsables d'autres villes qui ont été aux prises avec une histoire semblable... New York, Paris... Ton spécialiste aura-t-il le temps de terminer ses analyses pour demain? Si oui, on va jouer ça encore plus fort...

Il s'arrêta, essoufflé, puis reprit :

— ... Et où est-ce qu'elle se cache, cette bestiole-là? Si seulement on pouvait la prendre en photo, là, dans les égouts. Imagine! Ce serait quelque chose!

— J'essaie de contacter mon témoin à nouveau, fit Marie-Hélène.

— C'est ça, c'est ça...

Il repartait vers son bureau quand, se ravisant, il se retourna pour ajouter :

— Tu sais, on dirait que les gens commencent à être un peu inquiets... Tout à l'heure, sur le trottoir, j'ai vu un homme s'arrêter devant une bouche d'égout. Il l'a regardée pendant un bout de temps, comme si le diable allait en sortir, puis il a fait un large détour pour ne pas passer au-dessus...

Marie-Hélène pouvait comprendre cette réaction. Elle avait réagi d'une manière semblable pas plus tard que le matin même, lorsqu'elle s'était assise, à moitié endormie, sur le siège des toilettes pour son petit pipi matinal. Songeant à sa visite de la veille dans les égouts, elle s'était relevée d'un coup, imaginant toutes sortes de bestioles inquiétantes et menaçantes en train de remonter des coudes étroits pour émerger dans les toilettes de la ville. Dans ses toilettes.

Son chef de pupitre s'éloigna.

Marie-Hélène composa le numéro du téléphone cellulaire que l'inspecteur d'égouts lui avait donné. Pas de réponse.

Elle raccrocha.

Le téléphone sonna aussitôt. C'était encore le « sympathique » patron de Bernard Raymond.

— Combien de fois faudra-t-il vous dire de laisser tomber, madame Léger? attaqua-t-il. Vous entrez encore une fois dans son jeu!

— Je ne fais que mon travail, cher monsieur. On nous rapporte des faits, on vérifie, on publie.

— Vous croyez vraiment qu'il a trouvé une empreinte de crocodile comme ça, par hasard?

— Un alligator, un alligator américain. Notre expert a identifié l'empreinte en quelques minutes. Et les tests en laboratoire nous le confirmeront aujourd'hui. Expliquez-moi comment monsieur Raymond aurait-il pu fabriquer un faux aussi vraisemblable?

— C'est un malade, madame Léger, un malade prêt à tout pour se faire remarquer!

Il raccrocha avec fracas.

Marie-Hélène se dit que, des deux, le plus malade était sans aucun doute le patron de Bernard Raymond.

Une chose était sûre : si Raymond recherchait la publicité, il avait atteint son but. Aujourd'hui, avec une telle histoire publiée, preuve à l'appui, en première page d'un quotidien à grand tirage, l'inspecteur d'égouts allait être interviewé par toutes les chaînes de télé du pays pour leurs bulletins d'informations du soir.

Marie-Hélène composa à nouveau le numéro de l'inspecteur d'égouts. Toujours pas de réponse. Elle raccrocha.

Le téléphone sonna aussitôt. C'était une femme qui se disait consultante en psychologie urbaine, ou quelque chose comme ça. D'une traite, elle expliqua à Marie-Hélène que son journal était irresponsable, et qu'elle-même était inconsciente de l'angoisse croissante de la population. Elle lui parla de l'effet que pouvait avoir l'événement sur les esprits fragiles, et aussi du symbolisme qui s'y rattachait : les bas-fonds de la ville où se cache le mal, où se prépare la revanche des animaux maltraités par les hommes, la vengeance de la nature sauvage, indomptable…

Le monologue débridé dura une bonne dizaine de minutes. Au bout d'un moment, Marie-Hélène, exaspérée, profitant d'une pause dans le flot de paroles de la « psychologue urbaine », prétexta une importante réunion et réussit à s'en débarrasser.

Elle raccrocha, épuisée.

Le téléphone sonna de nouveau. Cette fois, c'était Claude Julien, l'herpétologiste.

— J'ai une mauvaise nouvelle, commença-t-il.

— À propos de l'empreinte?

— La fausse empreinte, précisa le scientifique. En fait, c'est un moulage. Une excellente pièce, réalisée avec beaucoup de minutie; parfaite, mais tout de même fausse.

Marie-Hélène n'arrivait pas à le croire. Elle avait joué la une avec cette empreinte, en se fiant au seul témoignage de cet expert.

— Comment pouvez-vous être si affirmatif? demanda-t-elle.

— J'ai trouvé des résidus de plâtre au fond de l'empreinte. De très petits résidus.

Une trace infime. Mais je suis formel, c'est bien du plâtre. Absolument aucun doute là-dessus.

Marie-Hélène eut soudainement très chaud.

Un canular à la une, une mystification en première page; gracieuseté de Marie-Hélène Léger. De quoi être la risée de toute la salle de rédaction... de tout le journal... de toute la profession... de toute la ville...

Elle était dans le pétrin. Un sérieux pétrin. C'est le patron de Raymond qui avait raison... Elle allait retrouver l'inspecteur d'égouts et lui faire manger son moule de plâtre.

* * *

Malgré la neige et la chaussée glissante, Marie-Hélène conduisait vite et d'une seule main car de l'autre, elle tentait de joindre Bernard Raymond au téléphone. En vain.

Il ne voulait plus lui parler? Soit, elle se rendrait là où il se trouvait sûrement, occupé à donner des entrevues pour la télévision, près du trou d'homme désormais célèbre.

En arrivant sur les lieux, elle fut heureuse de constater que la camionnette des travaux publics était là. Mais il n'y avait aucune activité alentour.

Elle descendit de voiture. La neige s'était arrêtée. Il faisait froid. Suffisamment froid pour que Marie-Hélène songe à boutonner son manteau.

Elle jeta un coup d'œil à travers les vitres givrées de la camionnette. Personne à l'intérieur. Elle se dirigea vers l'ouverture des égouts. C'est à ce moment qu'elle vit des traces de pas dans la neige. Des pas qui partaient de la camionnette et allaient jusqu'à l'entrée du trou d'homme. Bernard Raymond était encore là-dessous.

Elle s'approcha du bord et cria son nom. Aucune réponse.

Elle l'appela de nouveau. Seul un bref écho, sourd et sinistre, lui répondit.

Elle eut alors un long frisson et chercha à fermer son manteau mais s'aperçut qu'il était déjà boutonné.

* * *

Disparu sans laisser de traces
Marie-Hélène Léger

L'inspecteur des canalisations souterraines qui affirmait la semaine dernière, dans les pages de ce journal, avoir aperçu un alligator dans les égouts, est porté disparu depuis maintenant sept jours.

C'est aux abords d'un trou d'homme dans le secteur nord de la ville que Bernard Raymond aurait été vu pour la dernière fois. Apparemment, il était redescendu dans le conduit où il avait rencontré le reptile. Depuis, sa famille, ses amis et son employeur sont sans nouvelles. Les autorités policières, qui poursuivent les recherches, indiquent par ailleurs qu'aucun indice ne leur permet de formuler pour l'instant une hypothèse plausible sur ce qui aurait pu arriver à monsieur Raymond.

Rappelons que ce dernier avait également affirmé avoir découvert l'empreinte d'une des pattes du reptile dans les égouts, empreinte qui fait toujours l'objet d'analyses poussées dans deux laboratoires étrangers. En effet, alors que la conclusion du rapport préliminaire laissait entendre qu'il pourrait s'agir d'une supercherie, notre journal, dans l'intérêt général, a commandé à ses frais une nouvelle expertise pour arriver à faire toute la lumière sur cette affaire.

Marie-Hélène reposa le journal sur son pupitre.

Le téléphone sonna.

C'était de nouveau le patron de Bernard Raymond.

— Vous n'apprenez pas de vos erreurs, madame Léger, commença-t-il.

— Pourquoi dites-vous ça? répondit-elle.

— Vous croyez vraiment qu'il a disparu?

Il y eut un silence, puis Marie-Hélène reprit:

— Attendez... attendez une minute. Vous pensez qu'il se cache pour nous faire croire à son histoire? Voyons, c'est trop f...

— Et l'empreinte? Vous croyez toujours que c'est une vraie?

— Même si c'était une fausse, qu'est-ce qui nous prouve que Raymond n'a pas réellement vu l'alligator et qu'il a seulement fait le moulage pour nous convaincre davantage?

— Vous êtes encore plus naïve que je ne le pensais.

— Un de vos employés a disparu depuis plus d'une semaine, et c'est tout ce que vous trouvez à dire? Quelqu'un ne disparaît pas comme ça, sans raison.

— Il n'a qu'un seul but, madame: faire parler de lui. C'est tout. Et il se joue tellement bien la comédie qu'il réussit à se convaincre lui-même! Il est malade, malade au point de s'être caché pour faire croire à sa disparition. J'en suis sûr.

Il raccrocha abruptement.

Marie-Hélène se mit à tortiller une mèche de ses cheveux. Bernard Raymond avait-il vraiment été attaqué par un alligator? En avait-il seulement vu un? Avait-il tout inventé? Était-elle trop naïve?

Il y avait pourtant cet étrange sentiment confus qui montait en elle, cette quasi-certitude que la légende urbaine était vraie, que des alligators se baladaient vraiment là-dessous, quelque part dans les souterrains de la ville...

Trois petits chats

En ce début d'après-midi torride de la fin juillet, devant le guichet achalandé d'un zoo de banlieue, un homme surexcité franchit à contre-courant les tourniquets en criant :

— Ils se sont évadés! Ils se sont évadés!

Du coup, les gens qui faisaient la queue pour payer leur droit d'entrée au zoo – les petites familles, les bandes d'adolescents, les vieux couples – tous se figèrent. Trois jeunes enfants en poussette lâchèrent, au même moment, la ficelle blanche qui retenait dans leurs petites mains roses des bouquets multicolores de ballons d'hélium.

— Ils se sont évadés! Ils se sont évadés!

L'homme fonçait en direction du stationnement. Un des gardiens du zoo, posté tout près, l'interpella :

— Hé! Vous! Un instant! Un instant!

L'homme continua à courir. Le gardien partit à sa poursuite. Les trois grappes de ballons colorés montaient dans le ciel et prenaient rapidement de l'altitude.

— Ils se sont évadés! Ils se sont évadés!

— Une minute! Une minute! De quoi parlez-vous? s'époumonait le gardien.

L'homme s'arrêta enfin et, se retournant vivement, une expression d'effroi sur le visage, il cria de toutes ses forces :

— Les léopards! Les léopards! Ils se sont évadés!

Trois derniers ballons encore visibles dans l'azur, minuscules points rouge, jaune, orangé, disparurent bientôt, un à un, dans le ciel d'un bleu profond.

Ce jour-là, la rumeur des léopards en fuite se propagea à la vitesse de l'éclair dans toute la banlieue.

* * *

Au milieu de l'après-midi, au moment où Josée Tranchemontagne stationnait sa voiture en face du cottage de son amant, à la radio on répétait l'inquiétant avertissement. Trois léopards s'étaient évadés du zoo; il fallait rester sur ses gardes, éviter les fonds de cour, les taillis, les buissons, les fourrés, partout en fait où les trois félins pouvaient se cacher, à l'affût, prêt à bondir sur les banlieusards.

Trois léopards. Comment pouvait-on laisser s'échapper pareilles bêtes? C'était une chance pour ces employés municipaux léthargiques, incompétents, que Josée Tranchemontagne ne fût pas aux commandes de cette passoire de zoo. Si elle avait été leur patronne, ces types-là auraient passé un mauvais quart d'heure. Vice-présidente d'une firme spécialisée en réorganisation (euphémisme désignant les compagnies chargées de remettre les grandes entreprises sur la voie de la rentabilité en réduisant au strict minimum le nombre de leurs employés), elle avait l'habitude de réagir vite – et avec énergie – lorsqu'un problème se présentait. Avec elle, les têtes des apathiques et des inutiles roulaient dans le panier d'un coup sec de guillotine.

Elle utilisait d'ailleurs ces mêmes tactiques dans sa vie personnelle. C'était, selon elle, la seule façon d'agir : découper un gros problème insurmontable en une série de petits problèmes, plus faciles ensuite à régler. L'objectif était de retrouver, le plus rapidement possible, la stabilité, l'équilibre. Au fil des mois, sa vie sentimentale était devenue de plus en plus compliquée : tromperies, mensonges, douleurs, embarras. Aujourd'hui, elle avait décidé de s'attaquer à l'obstacle majeur sur sa route vers l'équilibre : son amant. C'était fini, terminé. Oh ! elle avait bien tenté d'aborder la question des semaines auparavant, à plusieurs reprises, mais lui ne voulait rien entendre. Cette fois pourtant, c'était la fin. Il était hors de question qu'elle reparte d'ici sans avoir réglé son problème. Elle devait en finir, et pas plus tard que maintenant. Elle ne pouvait plus attendre.

Elle savait qu'il était chez lui cet après-midi-là, il était toujours chez lui l'après-midi.

Elle ouvrit la portière et quitta l'habitacle climatisé. S'adossant au métal brûlant de sa voiture, elle regarda

lentement, précautionneusement, alentour.
Ce n'était pas son genre d'avoir peur, mais
tout de même, des gros chats comme ça, en
liberté… Le zoo était d'ailleurs tout près, à
seulement un ou deux kilomètres plus au
sud. Décidément, elle avait bien choisi sa
journée! Comme si le destin faisait en sorte
de l'empêcher de faire ce qu'elle avait à
faire, de dire ce qu'elle avait à dire. Mais
personne n'allait l'arrêter aujourd'hui. Elle
avait décidé de rompre, et c'est maintenant
qu'elle allait rompre. Gros chats ou pas.

Elle lécha d'un coup de langue la sueur
qui perlait sur sa lèvre supérieure, referma
la portière de la voiture et traversa la rue.
Personne à l'horizon. Seulement la
banlieue étouffante, silencieuse, interdite.

Le cottage de son amant était soi-
gneusement entretenu; pelouse impec-
cable, massifs floraux taillés avec soin,
arbustes vigoureux. Lui n'y était pour rien,
c'était sa femme qui s'occupait de tout. Une
petite femme parfaite : métier socialement
gratifiant – travailleuse sociale ou quelque
chose comme ça – mère attentionnée,
excellente cuisinière, jardinière accomplie.
Parfaite. Trop parfaite. À en rendre les
autres malades.

Bordant l'allée secondaire qui longeait la maison jusqu'à la cour arrière, une large et haute haie de spirées débordait de petites fleurs blanches répandant une odeur sucrée, écœurante.

À part écrire, lui, son amant, ne faisait pas grand-chose. Il était écrivain à temps plein. Comment réussissait-il à vivre avec les maigres droits d'auteur que lui rapportaient quelques romans plus ou moins populaires publiés des années auparavant? Elle n'aurait su le dire. Mais l'après-midi, en semaine, il était toujours chez lui. Écrivant, pensant, paressant. Comment avait-elle pu s'amouracher de ce type-là? De ce mollasson? Elle n'en savait rien. Il était moyennement séduisant, avait un peu d'humour, une fossette sur le menton. Qu'est-ce qui l'attirait chez lui, alors? Sans doute le côté pratique de l'affaire. Parce qu'il était toujours là, toujours disponible, toujours prêt, l'après-midi, en semaine.

Et si un de ces gros chats en fuite avait dévoré son amant? Alors, le léopard venait de lui rendre un grand service…

Sur le perron, après un autre regard circulaire, elle cogna vigoureusement à la porte.

Elle crut entendre, au même moment, un léger frémissement de feuilles en provenance de la haie de spirées. Comme si une grosse bête dissimulée avançait furtivement sous le feuillage sombre. Et puis plus rien.

Un de ces gros chats évadés du zoo? Était-ce possible? Évitez, disait-on à la radio, les taillis, les buissons, les fourrés, partout où les léopards peuvent se cacher.

Son cœur s'emballa. Elle cogna de nouveau à la porte, plus fort cette fois. Le bruissement sous la haie reprit. Comme si la grosse bête approchait davantage.

Le froissement dans les feuilles stoppa net.

Son cœur battait la chamade. Chamade... Un beau mot. Sûrement que son écrivain d'amant l'avait déjà utilisé dans une de ses histoires. Mais il n'écrirait sans doute plus jamais. Un des léopards en fugue, flairant la bonne occasion, était entré par l'arrière de la maison, déchirant la porte moustiquaire au passage, puis l'avait attaqué, déchiqueté, dévoré. La bête était ressortie ensuite en longeant la haie pour s'y cacher et y attendre la prochaine proie. La preuve qu'il était arrivé quelque chose à son amant, c'est qu'il ne répondait pas à ses coups répétés.

Elle fit jouer la poignée, mais la porte était fermée à clef. Elle frappa alors de toutes ses forces.

Mais où étaient donc ces imbéciles de la fourrière municipale? Sûrement en train de capturer un de ces petits roquets ridicules, inoffensifs. Tandis qu'ici un léopard…

Une branche craqua sous la haie. Le bruissement sous les feuilles s'intensifiait. Elle entendait maintenant, distinctement, chacun des pas du léopard, car les griffes de ses pattes raclaient les brindilles qui recouvraient le sol sous les spirées. Elle pouvait aussi voir les grappes de petites fleurs blanches frissonner, trembler, remuer au rythme de la progression du fauve vers elle.

Elle était prise au piège, elle ne pouvait ni entrer dans la maison ni courir vers la voiture. Le léopard la rattraperait aisément.

Son cœur s'affola. Jamais dans sa vie elle n'avait eu si peur. Jamais elle n'avait éprouvé ce pressentiment qu'on allait lui trancher la gorge, déchirer ses vêtements, déchiqueter sa chair.

Elle allait mourir, elle en était certaine.

Mais cela n'avait pas d'importance, car d'un coup de patte du fauve, sa tête, inutile, roulerait alors sur le pas de la porte.

* * *

Ce même après-midi, mais un peu plus tard, Vincent Sanschagrin descendit du train de banlieue qui le ramenait chez lui après le travail. Il était soulagé de pouvoir enfin fuir ces discussions, ces suppositions, ces affirmations ininterrompues, incessantes, futiles, concernant de prétendus léopards en fuite, rôdant partout, tout autour. Les passagers du train ne parlaient que de ça.

Des léopards en fuite... Et puis, quoi encore? Qu'allaient-ils inventer ensuite? Des pluies d'œufs de grenouilles? Des araignées mortelles dans les bananes? Des légendes, tout ça. Les gens vivaient des existences tellement ennuyantes; ils s'inventaient de temps à autre des petites peurs, histoire de prouver qu'ils étaient toujours vivants.

Lui n'avait pas besoin de ça. Il n'en avait rien à foutre de leurs petites peurs.

Lui, il en avait une grande. Une seule.

Et ça lui suffisait.

Le VIH. Oui, le sida.

Il avait attrapé cette saloperie de sida.

Le médecin était formel; le résultat, écrit noir sur blanc, se trouvait là, dans la petite mallette d'homme d'affaires qu'il trimbalait soir et matin, depuis une semaine.

Dès qu'il eut quitté le quai de la gare, il tourna à droite dans une rue étroite ombragée par de vieux érables. Dans un nuage de diesel, un concert de valves et de tuyaux sous pression, le train de banlieue, fatigué, redémarra poussivement. Puis la petite banlieue redevint tout à fait tranquille.

Le VIH. Cette saloperie de VIH.

Même s'il marchait lentement le long des arbustes sauvages qui bordaient la voie ferrée, il se mit à suer à grosses gouttes. Il faisait si chaud.

Il était séropositif.

Heureusement, il habitait à quelques pâtés de maisons seulement de la gare.

Séropositif… Une semaine qu'il était au courant. Une semaine qu'il réfléchissait et gardait ça pour lui. Il faudrait bien qu'il se décide enfin à en parler à sa femme.

Oui, le sida. Mais la question était de savoir de qui il l'avait attrapé?

Soudain, du bruit se fit entendre sous les arbustes qu'il longeait. Comme le ronron d'un gros chat.

Sans trop s'en rendre compte, il accéléra le pas.

Aujourd'hui, c'est aujourd'hui qu'il allait l'avouer à sa femme. Il ne pouvait plus garder ça pour lui. Il était séropositif: cela ne servait à rien de se cacher, ni de cacher quoi que ce soit d'ailleurs. Mais la première question, c'était de savoir de qui il avait attrapé le VIH. Oui, de qui?

Curieusement, le ronronnement sourd qu'il entendait semblait le suivre tandis qu'il avançait le long des arbustes. Il tenta de se pencher pour voir d'où venait ce bruit, mais le feuillage dense ne lui laissait voir que des ombres mouvantes dans le contre-jour. Sans doute la silhouette des feuilles agitées par le vent.

Il se remit à marcher, encore un peu plus vite. Et le ronron le suivait toujours.

Et si ce bruit c'était un de ces léopards évadés? Une de ces grosses bêtes affamées? Un de ces félins pistant sa proie en ronronnant de plaisir à la perspective de

s'offrir un petit quelque chose de différent
que l'habituel bifteck aux hormones servi
au zoo?

Oh! et puis quelle importance au fond?
Il allait mourir de toute façon.

Mourir, c'était incontournable maintenant. Avalanche de pilules, traitements
sans fin, allers-retours incessants entre
l'hôpital, la clinique, la pharmacie... Tout
ça pour quoi au juste? Prolonger sa vie de
quelques années? Une vie misérable,
sordide; puis attraper un rhume insi-
gnifiant et passer l'arme à gauche.

Le ronron le suivait toujours. Comme si
le félin jouait à faire durer le plaisir.

Oui mais, mourir attaqué par un fauve?
Mourir violemment, renversé par une bête
puissante. Happé, mordu, griffé partout,
au visage, à la gorge, à la poitrine, sur les
bras, sur les jambes, secoué comme une
poupée de chiffon, puis traîné sur la
chaussée, réduit en charpie, puis aban-
donné, baignant dans son sang...

Mourir comme ça, au bout de son sang,
c'était quand même un peu plus souffrant
que de s'éteindre lentement sur un lit
d'hôpital, engourdi par les médicaments,
terrassé par les antidouleurs.

Caché par les arbustes, le léopard le suivait toujours, ronronnant, anticipant le plaisir de faire bombance.

Il décida de forcer l'allure et se mit à courir. Brusquement, il entendit un rugissement non équivoque. Le léopard avait fini de jouer.

Vincent Sanschagrin se figea sur-le-champ. Il crut apercevoir, dans le clair-obscur du feuillage, deux yeux énormes, jaunes, qui le fixaient intensément. Un des trois léopards. Il en était certain. Absolument certain.

Il sentit un liquide chaud couler le long de ses jambes.

Il avait fait dans son pantalon; il n'aurait jamais cru avoir suffisamment peur dans sa vie pour faire dans son pantalon.

Sa petite mallette d'homme d'affaires contenant ses résultats d'examen lui glissa des mains.

Il allait mourir, il en était certain.

Le sida ou le fauve?

Cela n'avait pas d'importance. Pas d'importance.

La question était de savoir de qui il avait attrapé le sida. Oui, de qui.

Parce qu'il n'avait jamais trompé sa femme, alors forcément c'était elle qui les avait contaminés tous les deux.

Le fauve ou le sida?

Le fauve, assurément.

Il allait mourir, il en était certain. Et sans savoir de qui il avait attrapé le sida.

* * *

« Oh mon amour, mon doux, mon tendre, mon merveilleux amour, de l'aube claire jusqu'à la fin du jour, je t'aime encore, tu sais… Je t'aime… », chantait Brel sur le tourne-disque fatigué de madame Jolicoeur lorsqu'un peu plus tard, en début de soirée, on frappa chez elle.

Madame Jolicoeur se leva péniblement de son fauteuil et traversa le living-room pour aller répondre. Qui cela pouvait-il bien être? À une heure aussi tardive? Elle n'attendait personne. Sauf peut-être Joseph.

De toute façon, plus personne ne venait la voir. Enfin, presque plus personne. Il y avait bien cette infirmière hargneuse qui lui rendait visite deux fois par semaine pour prendre son pouls, sa tension et, surtout, pour la surveiller, vérifier si elle prenait bien ses médicaments. Mais l'infirmière apparaissait toujours en matinée, les mardis et vendredis, selon un horaire immuable. Et elle mise à part, peu de gens sonnaient désormais à sa porte. Fort heureusement d'ailleurs, car marcher jusque-là était laborieux.

Si seulement ces fichus étourdissements pouvaient cesser, elle n'aurait pas tant de difficultés à se rendre d'une pièce à l'autre, s'aidant de cette marchette, comme la petite vieille qu'elle était devenue. Son cœur était faible; sa tension, toujours trop élevée, et ses os étaient de plus en plus fragiles. Minces comme du papier de soie.

Elle arriva enfin à la porte et écarta le rideau pour regarder qui venait la déranger. Rien, personne. Pas même un chat.

— Pfffit! fit-elle.

Elle laissa retomber le rideau et reprit le chemin du living-room. Qui s'amusait à cogner ainsi à sa porte? Qui prenait plaisir à l'importuner? Des jeunes? Des enfants? Bien sûr que non, elle habitait un quartier calme: il n'y avait que des vieux dans sa rue, des vieux comme elle qui, à la nuit tombante, ne se risquaient plus dehors sous aucun prétexte. Encore moins les soirs où circulaient des histoires de bêtes échappées du zoo.

« … Jusqu'à la fin du jour, je t'aime encore, tu sais… Je t'aime… », murmurait Brel.

Elle revint à son fauteuil, mit sa marchette à côté d'une main tremblotante et se laissa choir lourdement.

Sans doute avait-elle imaginé qu'on frappait à la porte. Sans doute avait-elle imaginé qu'il y avait vraiment quelqu'un sur le palier. Quelqu'un d'important. Joseph. Son Joseph. Celui qu'elle attendait encore, même si c'était bien sûr impossible. Il était trop tard. Bien trop tard. Elle ne le savait que trop bien. Mais rien ne l'empêchait de se jouer un peu la comédie. Comme ça. Pour le plaisir. Pour le plaisir d'y croire encore.

Joseph. Son Joseph.

Une fois, une seule fois, elle avait dit non. Une seule fois… Et elle avait laissé passer sa chance.

Elle avait dit non. Sottement. Comme une imbécile.

— Pfffit! fit-elle.

Il était parti sur un coup de tête, très vite, avec une autre, deux autres, dix autres. Pour oublier, pour se venger, parce que.

Son Joseph. Une fois, une seule fois, elle avait dit non. Comme une idiote, comme une jeune idiote.

« … Et plus le temps nous fait cortège, et plus le temps nous fait tourment… », soulignait Brel.

Comme elle avait regretté ce non-là! Des mois, des années, des décennies à regretter. Si seulement ces fichus étourdissements pouvaient cesser. Si seulement les planchers arrêtaient de tourner, si seulement la maison arrêtait de tourner.

Si seulement sa mémoire pouvait arrêter elle aussi de tourner à vide, chaque jour davantage.

Il était trop tard maintenant. Bien trop tard.

On cogna derechef à sa porte.

En fait, à bien y penser, on ne frappait pas. Ce n'était pas le bruit de quelqu'un qui frappe à une porte. Pas du tout. On grattait plutôt. Oui, on grattait à sa porte.

Comme un gros chat qui gratte pour rentrer, songea madame Jolicoeur.

Des tigres s'étaient échappés du zoo, avait-on dit tout à l'heure à la télévision. Non, pas des tigres, des panthères…

On grattait toujours à la porte.

Non, pas des panthères, des léopards…

Un léopard. Un léopard grattait à sa porte?

Non. Pas un léopard.

Joseph.

« … Moi, je sais tous tes sortilèges… », précisait Brel.

Joseph grattait à sa porte. Joseph qui revenait… Joseph qui revenait pour…

« … Je t'aime encore, tu sais… Je t'aime… », répétait Brel.

C'était impossible, bien sûr. Elle le savait bien, mais rien ne l'empêchait de se jouer encore un peu la comédie. Comme ça. Pour le plaisir. Pour le simple plaisir d'y croire.

Elle se leva de nouveau avec difficulté et se dirigea vers la porte, sans marchette cette fois, s'agrippant à tous les meubles, s'appuyant sur tous les murs.

— J'arrive, Joseph, j'arrive.

C'était impossible, bien sûr. Ce n'était pas Joseph, c'était un de ces léopards en fuite. Elle le savait bien.

Si seulement ces fichus étourdissements... Cette maison qui tournait...
Ces planchers qui tournaient chaque jour
davantage... Ces jours vides, sans personne, sans souvenir, sans mémoire... Sa
tension... Son cœur faible... Ses os minces
comme du papier de soie...

— J'arrive, Joseph, j'arrive.

« ... Je t'aime encore, tu sais... Je
t'aime... », répétait Brel.

Parvenue dans le couloir, elle s'arc-bouta
sur un des murs puis, glissant un pied
devant l'autre, elle se dirigea vers l'entrée.

De l'autre côté, dehors, on grattait toujours, plus fort maintenant.

Le plancher vacillait de plus en plus.

Son pied heurtant le bord du tapis, elle
perdit soudain l'équilibre; elle tenta de se
retenir d'une main, mais tomba à genoux,
dans un craquement sinistre de cartilage
écrasé.

« Oh, mon amour, mon doux, mon tendre, mon merveilleux amour, de l'aube
claire jusqu'à la fin du jour, je t'aime encore,
tu sais... Je t'aime... », répétait Brel.

Les larmes lui vinrent aux yeux mais,
s'appuyant sur ses genoux, elle continua à
avancer vers la porte.

De l'autre côté, dehors, on grattait, on grattait toujours.

— J'arrive, Joseph, j'arrive.

Elle allait mourir, elle en était certaine.

Mais cela n'avait pas d'importance. La seule chose qui comptait, c'était de ne pas rater ce dernier rendez-vous.

Elle en avait déjà raté un.

Et elle n'allait pas répéter une deuxième fois la même erreur.

* * *

Il était presque minuit, le même jour, lorsque le gardien de nuit arriva au zoo et qu'il déverrouilla le portail.

Il était fourbu. La journée durant, comme tous ses collègues gardiens, il avait participé à la battue organisée de concert avec les policiers et les pompiers pour retrouver les léopards. Ils avaient fouillé partout, dans un large périmètre; les boisés, les parcs, les jardins, les places publiques. En vain. Aucune trace, aucune piste. Rien.

Pour d'évidentes raisons de sécurité, les recherches avaient été interrompues pour la nuit. Il avait tout juste eu le temps de rentrer chez lui et de se doucher avant de venir prendre son quart de nuit au zoo.

Il franchit le portail et marcha lourdement jusqu'au bâtiment principal, qui se trouvait tout près de l'enceinte des grands mammifères carnivores : ours, canidés, félidés ; là où, chaque soir, il enfilait son uniforme de gardien et amorçait ses tournées nocturnes. Il passa devant la cage des ours blancs, celle des loups gris, celle des panthères noires.

Devant celle des léopards, il stoppa net.

Couchés au fond de leur cage, les trois léopards dormaient.

Il se remit à marcher, plus vite cette fois. Atteignant le bâtiment administratif, il s'y engouffra par une porte latérale.

Puis il entra dans la salle commune des gardiens au moment où le type qu'il venait remplacer rangeait un blazer marine et un couvre-chef avec l'insigne du zoo dans son casier.

— Alors, on a capturé les léopards ? demanda-t-il à son collègue.

— Ben oui, fit l'autre.

— Quand ?

— Oh, il y a plus de deux heures.

— Où étaient-ils?

— Tu ne devineras jamais.

— On a cherché partout…

— Mais pas ici.

— Comment ici?

— Ils n'ont jamais quitté le zoo, mon vieux. On les a trouvés dans le secteur quatre, dormant à l'ombre des saules, près de l'étang.

Pour en finir une fois pour toutes avec le Sasquash

— **B**on début d'après-midi, mesdames, messieurs, et bienvenue à cette édition spéciale du radio-journal. Une information exclusive nous parvient à l'instant de la côte ouest du pays. Notre correspondante en Colombie-Britannique nous communique cette nouvelle étonnante: l'existence du Sasquash serait confirmée. Il s'agit du fameux Sasquash – ou Bigfoot, comme on l'appelle là-bas... Oui... vous avez bien entendu... Je répète, l'existence du Sasquash serait confirmée... Jusqu'à présent, les témoignages que l'on avait étaient trop peu crédibles pour que l'on puisse croire à ce géant velu, proche cousin de l'Homme, à mi-chemin, en fait, entre les singes et nous... Mais voici qu'une équipe de scientifiques d'une université de l'Ouest apporte des preuves irréfutables de l'existence de cette fameuse créature... Nous joignons immédiatement Catherine Foster au téléphone, en direct de Big Bear Creek, un petit village en pleine forêt, dans les montagnes Rocheuses, à quatre cent quarante kilomètres au nord de Vancouver. Bonjour Catherine, vous êtes là?

— Oui, bonjour Raymond, bonjour.

— Dites-nous, Catherine, à quel moment au juste cette surprenante découverte a-t-elle été confirmée?

— Ce matin... au lever du jour... Un... un humanoïde velu, mesurant plus de deux mètres, a été pris à l'un des pièges tendus pour l'attraper. Nous l'avons appris de façon détournée – grâce à l'une de nos sources – et, après vérification, l'information s'est avérée exacte...

— Donc, c'est bien vrai?

— Oui, absolument... Écoutez, Raymond, je me trouve sur une petite place entourée d'une épaisse forêt et l'humanoïde est ici, à quelques pas de moi, dans la remorque d'un camion-laboratoire stationné tout près du poste de police. Actuellement sous sédatif, le Sasquash est déjà soumis à différents tests.

— La police et les autorités municipales ont-elles cherché à nier cette information?

— Non, pas du tout... Il faut quand même préciser que la nouvelle n'a pas encore été officiellement confirmée.

— J'imagine qu'il y a une grande effervescence là où vous êtes?

— Écoutez, Raymond, il y a des policiers partout, des gens de la sécurité civile, le maire et tous ses conseillers, la majorité des habitants du village... La nouvelle étant maintenant diffusée, les médias ne vont certainement pas tarder à affluer, eux aussi, sans compter les centaines et les centaines de curieux. Pour des raisons évidentes de sécurité, on s'apprêterait à transférer le Sasquash ailleurs, à l'abri de toute cette agitation.

— Catherine, vous dites que des pièges ont été tendus pour l'attraper. De quelles sortes de pièges s'agit-il et qui les a posés?

— C'est une équipe de primatologues et de zoologistes qui ont disposé une vingtaine de pièges dans un périmètre de cent kilomètres à proximité des coupes forestières. Le piège, assez simple en soi, consiste en un fil tendu entre des conifères et un filet caché sous un lit de feuillage. Aussitôt qu'un animal ou que quelque chose de suffisamment gros touche le fil, celui-ci se tend et le filet emprisonne l'animal et le soulève dans les airs.

— Pouvez-vous nous dire pourquoi on avait installé ces filets près de Big Bear Creek?

— Depuis le début des activités forestières, plusieurs travailleurs affirmaient avoir aperçu, au lever du soleil, une bête rôdant à l'endroit des coupes: une grande silhouette velue d'apparence humaine, avec un crâne conique. Puis, un matin, un des forestiers – dont le travail consistait à marcher seul en avant des autres pour marquer les arbres à abattre – serait tombé face à face avec la bête au détour d'un sentier. La…

— On peut imaginer sa surprise…

— … Oui. D'ailleurs, l'homme a subi un choc nerveux et a dû être hospitalisé. C'est à ce moment-là que le propriétaire de la compagnie forestière – la Pacific

Consolidated Forest – a fait appel aux universitaires.

— Il semble assez étonnant que des scientifiques aient prêté foi à de tels témoignages, non?

— En effet, Raymond. Ici, ces histoires de rencontres avec le Sasquash font depuis longtemps partie du folklore. Il n'y a plus beaucoup de gens qui y croient encore. Mais l'Université a tout de même consenti à ce qu'un chercheur enquête. Selon certaines sources, le député local – grand ami du propriétaire de la compagnie forestière et ministre influent du Cabinet – aurait fait pression pour qu'on rassure les travailleurs au plus vite…

— Parce que, entre-temps, la Pacific Consolidated Forest a été dans l'obligation de suspendre ses activités, n'est-ce pas?

— Oui, c'est exact. Et la compagnie, qui perdait beaucoup d'argent, cherchait à tout prix à expliquer ces mystérieuses apparitions pour faire reprendre le travail le plus vite possible… On croyait qu'il s'agissait d'un grizzli, d'une blague; on soupçonnait des groupes écologistes de faire apparaître ce prétendu Bigfoot pour retarder l'abattage des arbres.

— Jusqu'à ce que le chercheur dépêché par l'Université trouve quelque chose…

— En effet, une touffe de poils et des excréments, tout près du chantier. Rapidement, on en a analysé l'ADN et…

— Précisons pour nos auditeurs que l'ADN constitue le bagage génétique de tout organisme vivant et que l'analyse de celui-ci peut contribuer à l'identifier avec certitude.

— Tout juste… Les résultats de ces analyses ont montré que les poils et les excréments n'appartenaient ni à un ours ni à un homme, mais bien à un primate. C'est à partir de ce moment qu'on a commencé, ici, à prendre la chose très au sérieux.

— Dites-nous, Catherine, tout ceci est tellement soudain… tellement gros, et nos auditeurs restent sans doute sceptiques… Avez-vous pu voir le Sasquash de vos propres yeux?

— Malheureusement non, Raymond. Lorsque nous sommes arrivés, l'humanoïde avait déjà été transporté dans la remorque du camion. L'endroit est bien protégé et – comme vous vous en doutez – fermé à double tour.

— Eh bien, merci, Catherine. Vous demeurez sur place pour nous communiquer la suite des événements?

— Bien sûr, Raymond.

— Merci, Catherine... Pour les auditeurs qui viendraient de se joindre à nous, je tiens à répéter l'information : on vient de confirmer l'existence du Sasquash en Colombie-Britannique... Oui, vous avez bien entendu. Évidemment, l'annonce de cette nouvelle aura l'effet d'une bombe non seulement dans la communauté scientifique, mais partout dans le monde... Pour discuter de l'impact de cette découverte, nous avons au bout du fil un professeur de zoologie de l'Université de Montréal, monsieur Claude-André Labrie. Bonjour, monsieur Labrie.

— Bonjour.

— Monsieur Labrie, quel est votre sentiment sur cette surprenante découverte?

— Je suis plutôt sceptique.

— Vous n'y croyez pas? Qu'est-ce qui vous fait douter?

— Comprenons-nous bien... Je ne dis pas que la chose est totalement impossible, je crois seulement qu'il faut être excessivement prudent et éviter de sauter trop vite aux conclusions. Mon doute est méthodique. Chaque fois qu'on réalise des découvertes de cette importance, ce qu'il faut, d'abord et avant tout, c'est prendre un peu de recul...

— Mais puisqu'ils détiennent ce Bigfoot?

— Ils ont réussi à attraper quelque chose, d'accord. Mais est-ce un homme déguisé? Ou encore un homme vêtu de peaux de bêtes, vivant en ermite au fond des bois? Une mauvaise blague? Peu de personnes l'ont vu jusqu'à maintenant...

— Vous mettez en doute les déclarations des autres chercheurs?

— Vous savez, même parmi les universitaires, il y a des originaux. À preuve, les cryptozoologistes, ces soi-disant chercheurs qui tentent de retrouver des animaux mythiques ou fantastiques, tels le monstre du loch Ness, le yéti et autres godzillas. Je sais d'ailleurs pertinemment qu'au moins un membre de cette équipe – le professeur Munroe –est un cryptozoologiste déclaré, alors...

— Mais si c'était vrai?

— Eh bien, si c'était vrai, ceci viendrait bouleverser nos connaissances actuelles,

nos connaissances anthropologiques, zoo-
logiques, évolutives... Vous comprenez,
l'existence d'un tel primate impliquerait la
reconnaissance d'un nouvel embran-
chement dans la famille des hominidés: le
genre Gigantopithecus.

— Je vous remercie pour ces précisions,
professeur Labrie. J'apprends que nous
avons de nouveau en ligne Catherine
Foster, notre envoyée spéciale, qui est en
compagnie d'un des membres de l'équipe
de recherche ayant réussi à attraper
l'animal... Vous êtes là, Catherine?

— Oui... Raymond. Et j'ai justement à
mes côtés le professeur Charles Munroe,
directeur du Département d'anthropologie
de l'Université de Colombie-Britannique
qui, comme vous venez de le dire, est l'un
des primatologues ayant réussi à capturer
le Sasquash. *Professor Munroe... Can you
tell us what this animal, or this man, looks
like?*

— *A large ape-like creature, about seven
feet tall, upright, bipedal, covered in red/brown
hair from head to toe, similar in many ways to
gorillas and orang-utans... But the most
significant difference are a humanlike foot in
which all five toes are aligned rather than an*

opposable big-toe as in the more arboreal apes...

— Je traduis pour les auditeurs, Raymond. Le professeur Munroe nous dit que la créature ressemble assez à un gorille ou à un orang-outang, qu'elle mesure environ sept pieds, qu'elle se tient debout et serait bipède. C'est justement ce qui la différencie des autres grands singes : le Gigantopithecus est bipède, comme vous et moi. Son gros orteil est parallèle aux autres doigts du pied, comme nous, alors que chez les grands singes, qui sont plus adaptés à la vie dans les arbres, le gros orteil est perpendiculaire – ou, disons, opposé aux autres doigts du pied...

— Catherine, est-il exact que le professeur Munroe – il n'y a pas si longtemps – a réussi à faire un moulage d'une empreinte de Sasquash?

— Tout à fait, Raymond. Il y a deux ans, le professeur a trouvé des traces fraîches sur une piste de montagne à cent cinquante kilomètres à l'ouest de Big Bear Creek. *Professor, can you tell us about those tracks you found two years ago?*

— *Several sixteen inch-long Sasquash tracks... Thirty percent wider than human tracks of the same length. Plaster casts of these tracks provided the first tangible evidence I had of the existence of the Sasquash.*

— Les traces découvertes par le professeur mesuraient seize pouces de long! Non seulement elles étaient longues, mais en plus elles étaient 30 pour 100 plus larges que celles des humains. Ce fut là, pour le professeur, la première évidence de...

— *Many people are not aware of the large volume of information that exists about this species: more than 150 Sasquash reports in Canada and the US... That's why I began writing a book on Bigfoot in 1999 and...*

— *I'm sorry, professor Munroe, but something is happening... I...* Je... Raymond, je suis désolée d'interrompre le professeur, mais il y a du grabuge! Dans la remorque du camion! Que...

— Catherine? Vous êtes là? Quels sont tous ces bruits que nous entendons derrière vous? Catherine?

— Nous venons de perdre Catherine Foster... Nous allons tenter de rétablir la communication le plus rapidement possible... Mais, en attendant, nous sommes en ligne avec monsieur Alain

DuMoutier, porte-parole de la Fédération mondiale de cryptozoologie, qui nous parle depuis son bureau à Paris. Monsieur DuMoutier, vous êtes là?

— Oui, bonjour.

— Dites-moi, monsieur DuMoutier, que pensent les spécialistes en cryptozoologie de cette nouvelle étonnante?

— Eh bien, voilà qui vient apporter une preuve – irréfutable, dirais-je – de l'existence d'un animal que nous, les crypto-zoologistes, avons toujours considéré comme digne de figurer dans toute bonne encyclopédie animale. Pour les centaines de témoins qui l'ont rencontré en chair et en os dans les montagnes du nord-ouest américain, le Bigfoot est bien réel. À compter d'aujourd'hui, c'est une réalité pour nous tous, même les plus sceptiques. Il aura fallu attendre d'en capturer un pour se rendre à l'évidence : Giganto-pithecus existe!

— Monsieur DuMoutier, n'est-ce pas un peu prématuré? Car enfin, les analyses ne sont pas toutes complétées... Si l'on découvrait que cette histoire n'est qu'un canular... Quelle serait votre réaction?

— La Fédération mondiale de cryptozoologie est une institution internationale sérieuse, dont l'objectif est de vérifier – avec rigueur et objectivité – tous les témoignages, tous les indices de l'existence de ces animaux non encore classifiés par la science dite traditionnelle. On nous accuse de faire de la science spéculative, de la science-fiction, mais les faits sont là. On découvre encore aujourd'hui, et ce, presque tous les jours, de nouveaux animaux ou des animaux qu'on croyait disparus. Tenez, le Coelacanthe, ce poisson primitif censément éteint depuis soixante-dix millions d'années; ce poisson, dis-je, a pourtant été pêché à la fin des années 1930. Et, plus près de nous, en 1991, on a trouvé une nouvelle espèce de baleine le long des côtes du Pérou! En 1994, une nouvelle espèce de chèvre sauvage, le Saola, était découverte au Viêtnam! Et si, à l'échelle de la planète, l'existence de plus d'une centaine de ces bêtes mystérieuses reste à démontrer, une chose est sûre: c'est celle du Sasquash qui nous paraît la plus plausible.

— Pourquoi dites-vous ça?

— Observations, rencontres, empreintes de pas; les preuves sont légion, monsieur... Et les faits rapportés présentent des similitudes troublantes dans le comportement, l'anatomie, la distribution de cet être. En fait, toutes ces expériences certifient l'existence de Gigantopithecus. Je vous rappelle par ailleurs que les observations remontent aux premiers jours de la colonisation. Ce n'est pas la première fois qu'on capture un Bigfoot! En 1784, monsieur, en 1784, le *Times* de Londres rapportait la prise d'une énorme créature velue, à Lake of the Woods, Manitoba. Un peu plus tard, en 1884, le journal *The Colonist* de Victoria décrivait une autre capture, celle d'un très jeune Sasquash cette fois, aux abords d'une voie ferrée, près de Yale, en Colombie-Britannique. Mi-humain, mi-singe, l'animal mesurait moins d'un mètre cinquante, ressemblait à un jeune humain avec la différence que tout son corps était couvert de poils et qu'il était d'une force inouïe. Donc, le f...

— Oui... Alors, merci bien, monsieur DuMoutier... Merci... Je suis désolé de vous interrompre, mais on me dit que nous avons rétabli la communication avec Catherine Foster, notre envoyée spéciale en Colombie-Britannique, où – nous le précisons à l'intention des auditeurs qui viendraient de se joindre à nous – on aurait capturé un Sasquash plus tôt en matinée... Nous sommes à nouveau en mesure de parler avec Catherine Foster... Catherine, vous êtes là?

— Re-bonjour, Raymond, excusez-moi pour cette interruption... Il y a beaucoup d'effervescence ici et... Je...

— Catherine?

— Pardon, Raymond... Tout à l'heure, quand je vous parlais, on a entendu un vacarme terrible dans la remorque où se trouve le Bigfoot. Apparemment, malgré les sédatifs qu'on lui a administrés, il s'est réveillé et a tenté de sortir du laboratoire mobile. Nous avons vu plusieurs policiers se précipiter à l'intérieur; il y a eu des bruits de lutte, des cris, puis le calme est soudainement revenu. Il semble que, pour l'instant, on maîtrise la situation.

— Merci, Catherine. Vous restez en communication avec nous au cas où il se passerait du nouveau à Big Bear Creek?

— Bien sûr, Raymond.

— Nous avons maintenant en ligne un autre invité, monsieur François Saucier, psychosociologue et président de l'Association des sceptiques du Canada. Vous êtes là, monsieur Saucier?

— Oui, bonjour.

— Monsieur Saucier, quel est votre point de vue sur cette capture du Sasquash?

— C'est une fumisterie!

— Oui mais, comment expliquez-vous ces empreintes, ces témoignages? Et la capture du primate géant? Toutes ces personnes qui, au moment où je vous parle, confirment les faits?

— Une blague, je vous dis, une blague! Imaginée par des gens qui, pour se rendre intéressants, mettent en scène ce genre de chimères. Ces histoires-là nous captivent parce qu'elles font partie de notre imaginaire collectif, parce qu'elles ravivent notre peur ancestrale des monstres. Ces histoires nous renvoient aux mythes fondateurs de l'espèce humaine, à l'époque où nous étions de simples chasseurs-cueilleurs qui craignions les ours géants, les loups et les tigres à dents de sabre. Et…

— Oh... Un instant... Monsieur Saucier... Un instant... je... on m'annonce à l'instant qu'il se passe des choses à Big Bear Creek... Nous joignons Catherine Foster. Catherine? Vous m'entendez? Catherine?

— Oui, Raymond, je... je vous entends. Ici, les...

— *LOOK! LOOK!*

— Catherine? Qu'est-ce qui se passe? Catherine?

— *Watch out! WATCH OUT!*

— Catherine? Vous m'entendez?

— Raymond? Je ne sais pas si vous pouvez toujours m'entendre... Il y a tellement de bruit... Ça va très vite... C'est... Écoutez, Raymond... Le Sasquash! Le Sasquash! Il... il vient de... de sortir de la remorque en courant! En courant! Il... il s'est échappé... Il court! Il court vers...

— *WATCH OUT! WATCH OUT LADY! IT'S COMING AFTER YOU!*

— Raymond... Il vient dans ma direction! Il... Mon Dieu... il est...

— *IT'S COMING AFTER YOU!*

— Je... Raymond... Je recule... je recule et là... et là... Là, je cours... Je cours vers... Il gagne du terrain, Raymond... Il

est tout près maintenant! Mon Dieu... Il
vient de... de... Oooooooooooh! De me
saisir... par la taille... Il me... il me
soulève de terre... Aaaaaaah! L'odeur...
l'odeur est... Il... il s'est mis à courir...
Tout le monde crie autour de moi! Mais...
personne ne... Il... il court tellement
vite... Personne n'ose tirer... Il... il
m'entraîne... il m'entraîne vers la forêt!
Je... C'est comme si... Mon téléphone...
J'espère que mon téléphone va... Il... il
s'enfonce dans les bois... Je m'enfonce
dans les bois... Je... Raymond, le téléph...
Il...

— Catherine? CATHERINE?

— ...

— CATHERINE?

— ...

— CATHERINE?

— ...

— Nous éprouvons présentement,
mesdames, messieurs, quelques difficultés à... Nous tentons actuellement de
rétablir la communication avec... Et...
Et... Rester en ondes? Oui, mais je... Un
instant, un instant s'il vous plaît... Oui,
comment? Oui? Pardon... Euh... Je...
J'apprends que nous avons de nouveau

en ligne Catherine Foster! Oui, nous avons réussi à joindre Catherine Foster! Catherine, vous êtes là?

— Oui, Raymond, je suis toujours là.

— Que s'est-il passé?

— Bien, c'est-à-dire que…

— Qu'y a-t-il, Catherine? Vous êtes blessée?

— Non, non, pas du tout. Pas une égratignure…

— Alors?

— Alors… Eh bien, vous ne me croirez pas, Raymond… Le… le Sasquash… Il… il m'a déposée au pied d'un arbre et s'est enfui dans la forêt.

— Quoi? C'est tout? Il ne s'est rien passé d'autre?

— On dirait bien qu'il… qu'il a voulu profiter d'un effet de surprise pour pouvoir s'échapper… Qu'il m'a prise en otage pour pouvoir s'enfuir.

— Alors dites-nous, Catherine, vous qui avez été si proche de lui, vous qui l'avez touché, s'agit-il d'une mauvaise blague? Est-ce un homme costumé ou le véritable Sasquash?

— Je… je ne sais pas… Vous savez, après m'avoir reposée à terre, il a regardé tout autour de lui un court moment. Et il y avait de la... de la sérénité dans son regard... Oui. De la sérénité. Comme s'il était apaisé, satisfait d'être de retour chez lui... Il a été... il a été, comment vous dire, si doux, si doux avec moi. Il... jamais un homme en fuite, traqué, agité, ne m'aurait traitée aussi gentiment... Je... je ne peux pas vous dire s'il s'agissait d'un homme ou d'un animal... Mais si c'était bien une bête, c'est la bête la plus humaine qu'il m'ait été donné de voir depuis longtemps.

Grand méchant loup

Reproduction d'un pétroglyphe
sur une paroi rocheuse à proximité de
l'emplacement du village de Val-des-Bois,
un 18 avril, il y a 1 500 ans

Extrait d'un journal
trouvé à Val-des-Bois,
le 18 avril 1798

Le Diable ne dort jamais. C'est ce qu'on dit par ici.

Hier au soir, cette maudite beste a encore frappé. Et cette fois, cette fois, elle a tué un enfant du pays. Avant, elle s'en prenait à nos poules, nos veaux, nos porcs. Maintenant, elle cherche plus noble chair. Maintenant, elle s'attaque à nous, tranquilles habitants de ce canton.

Sortilège de Satan ou punition de Dieu? Qu'avons-nous donc fait pour mériter cela? Qu'avons-nous donc fait pour que cette beste s'enhardisse au point de s'en prendre à nous?

On m'a dit que cette charmante jeune fille périt sous les dents du Malin, à moins d'une lieue d'ici, alors qu'elle se promenait après souper, humant l'air tiède d'avril, à la bordure d'un pré derrière la ferme de ses parents. Le monstre l'y attendait, tapi à l'orée du bois.

On reconnaît le Diable à ses griffes.

La beste est de la taille d'un jeune taureau d'un an. Elle a des oreilles courtes et droites, des yeux jaunes et luisants, deux crocs énormes, une gueule semblable à icelle du lion. Néanmoins, c'est bien d'un loup qu'il s'agit, mais un loup plus puissant, plus rusé, et bien différent par sa figure et ses proportions des autres loups que l'on voit d'ordinaire en ce pays.

Un soir – il y a de cela une semaine – après qu'un jeune veau lui eut servi de dîner, on vit ce grand loup, repu, au bord de la rivière du Nord où il s'abreuvait. On alla quérir sur-le-champ le meilleur tireur du canton qui lui tira quatre coups de fusil à dix pas de distance sans pouvoir toutefois mal lui faire.

On m'a dit qu'en France existait aussi pareille calamité. La beste du Gévaudan est son nom. Trois ou quatre années durant, elle y dévora des dizaines de braves gens.

Point de cesse, point de relâche, par tous les temps, sur tous les chemins malaisés, montants, boueux ou sablonneux du canton, nous traquerons l'animal, je le jure, et l'abattrons sans repentance.

* * *

*Extrait d'un journal
trouvé à Val-des-Bois,
le 18 avril 1914*

J'en ai tué un autre aujourd'hui.

Mon quatrième en dix jours. C'est trop beau pour être vrai.

Et le gouvernement qui vient encore d'augmenter les primes qu'on nous verse pour des carcasses de loups.

Dans quelques mois, à ce rythme-là, je vais enfin pouvoir me payer cette terre riche et fertile dont je rêve depuis si longtemps.

Une grande terre, libre de toute dette.

Qui sait? Peut-être même que je m'installerai par ici, que je m'y marierai, m'y fixerai pour de bon. J'en ai assez de courir les bois, de traverser le pays d'un bout à l'autre, de pister des bêtes, d'avoir toujours du sang sur les mains.

C'est sûr, c'est bien payé... Peut-être pas autant qu'aux États-Unis (là-bas un type nommé Bill Caywood a fait 7 000 $ en deux ans), mais quand même. Par les temps qui courent, le métier de chasseur de loups, c'est le plus payant qui soit.

L'extermination, qu'ils appellent ça. Ils veulent qu'on tue tous les loups d'Amérique. Tous ces loups qui sèment la terreur et la destruction. Qu'on les tue tous, une bonne fois pour toutes. Pour qu'ils arrêtent de s'en prendre au bétail et aussi aux hommes. Faut comprendre les éleveurs, ils perdent des milliers de dollars chaque année à cause d'eux.

Faut aussi comprendre les colons. Ils s'enfoncent de plus en plus loin dans la forêt pour trouver de bonnes terres. Alors, forcément, ils rencontrent des loups. Et ils ont peur de ces bêtes sauvages aux yeux jaunes qui les épient et les suivent au crépuscule le long des petits chemins, l'hiver, quand la neige est épaisse et que la nourriture se fait rare.

Tout ça, c'est bon pour nous, chasseurs de loups.

On m'a dit qu'ici, aux environs de Val-des-Bois, rôdait un loup plus intelligent et plus fort que les autres loups.

Je vais le trouver et le tuer.

Ça fera plaisir aux gens du coin.

* * *

*Extrait d'un journal
trouvé à Val-des-Bois,
le 18 avril 1974*

Trois ans déjà que j'habite ici, à Val-des-Bois. Nous avons acheté une petite ferme retirée, à l'ouest du village, et nous l'avons transformée en commune, moi et une douzaine de mes amis.

Nous avons décidé de vivre d'une autre manière. D'une manière plus simple, plus vraie : planter, cultiver, récolter, être heureux. Sans contrainte, sans convention sociale, sans violence. Fumer un peu d'herbe, travailler la terre, partager tout ce que nous avons.

Nous souhaitons vivre en complète harmonie, en contact étroit avec la nature. Écologie; le mot est neuf et nous ouvre de nouveaux horizons.

Je crois bien avoir aperçu un loup, il y a quelques jours, à l'orée du petit bois qui borde la rivière. Se pourrait-il qu'il y ait encore des loups dans les environs de Val-des-Bois? Faudra garder ça entre nous, éviter d'en parler au village; il s'en trouve encore quelques-uns à avoir la gâchette facile.

Même si, depuis quelques années, on a mis fin au régime de primes sur les têtes de loups, même si l'Union internationale pour la conservation de la nature a décrété que les loups avaient le droit de vivre comme n'importe quel autre animal de la planète, ces types-là n'en démordent pas: le loup est une menace pour l'homme. Pourtant, c'est plutôt le contraire. On a tué tellement de loups qu'ils sont maintenant en voie d'extinction.

On raconte au village qu'un loup infatigable, plus malin que les autres, habitait jadis dans les environs. J'espère de tout cœur que c'est celui que j'ai vu. Et aussi qu'on le laissera enfin tranquille. Après avoir survécu aux fusils, aux trappes, aux pièges, aux appâts empoisonnés, il mérite bien de vieillir en paix.

* * *

*Extrait d'un journal
trouvé à Val-des-Bois,
le 18 avril 2009*

Dans quelques semaines, les touristes reviendront à Val-des-Bois. La saison s'annonce bonne, très bonne même.

Depuis deux ans, les touristes affluent ici. Je suis bien placé pour le savoir; l'été, je guide des groupes de Français, d'Américains, d'Allemands. Tous ces gens-là viennent de loin pour admirer les vieux dessins gravés qu'on a trouvés – par hasard, il y a deux ans – sur une large pierre plate, dans un champ en friche à quelques kilomètres à l'ouest du village.

On peut y apercevoir tôt le matin ou en fin d'après-midi – lorsque les rayons du soleil frappent en oblique les entailles dans la pierre – les gravures réalisées par une tribu amérindienne qui fréquentait ces lieux avant l'arrivée des premiers Européens.

Cérémonies, rites initiatiques, cycle des saisons, tortues, oiseaux, serpents; la grande pierre plate qui affleure est littéralement couverte de ces symboles burinés et peints en rouge par des peuples anciens.

Des dessins incrustés dans le roc, comme autant de messages inaltérables destinés à ceux qui viendront après eux.

D'entre toutes, la gravure la plus intrigante est celle d'un chaman marchant côte à côte avec un loup. Elle symbolise ce lien ancien entre l'homme et tout ce qui l'entoure, ce lien profond qui nous unit avec toute chose vivante. Un lien parfois impétueux, tourmenté, mais inaltérable.

On dit qu'ici, à Val-des-Bois, erre aux alentours, depuis fort longtemps, un loup sage et infatigable.

Fin avril, juste avant l'arrivée des premiers touristes, en revenant seul du pré à la tombée de la nuit, j'ai eu quelquefois l'impression qu'on me surveillait discrètement, qu'on me suivait en silence le long des bois.

De temps à autre, j'ai même aperçu, à la frontière de la forêt profonde, des yeux jaunes et brillants qui m'observaient.

Est-ce lui?

Est-ce ce même vieux loup?

Ou bien l'un de ses descendants?

Est-il possible qu'une meute hante le même territoire pendant plus de mille ans?

Il est des mystères qu'on n'arrivera jamais à percer.

Urne funéraire

*Sabah, province de Malaisie,
île de Bornéo*

Au lever du jour, nous étions quatre : mon collègue Malcolm, le professeur Rahman – directeur de l'Institut botanique de Malaisie – et Jamil, notre jeune guide local. Et si j'avais su, ce matin-là, que moins de vingt-quatre heures plus tard, l'un de nous manquerait à l'appel, j'aurais sur-le-champ interrompu notre exploration des flancs du mont Kinabalu.

Mais comment aurais-je pu prévoir ce qui allait arriver ?

Comment aurais-je pu présager que nous allions, ce même jour, faire une découverte majeure et que celle-ci causerait la perte d'un des membres de l'expédition?

Cela faisait déjà une semaine que nous marchions dans les montagnes de Bornéo. L'expédition scientifique que je dirigeais avait pour objectif de répertorier ici, au cœur de la forêt tropicale d'altitude, des végétaux tout à fait singuliers. Le nord-est de l'île de Bornéo, fort connu des botanistes pour ses nombreuses plantes carnivores, abrite plusieurs dizaines d'espèces d'une famille étrange, aux propriétés fascinantes: les népenthès.

Malcolm et moi avions toujours été captivés par ces végétaux aux formes et aux couleurs fantastiques, et qui, tous, arborent une urne – grande ou petite – servant à piéger les insectes. L'urne des népenthès est constituée de plusieurs feuilles soudées, arquées en cornet, et dont le fond est rempli de liquide. Attirés par les couleurs et les odeurs déployées par la plante, les insectes se dirigent vers l'orifice supérieur, glissent sur son bord ourlé, puis tombent au fond de l'urne. Les insectes sont incapables de remonter le long des

parois lisses et glissantes, parfois recou-
vertes de cils. Et, même s'ils y arrivaient,
ils ne pourraient pas sortir car, entre-
temps, la coupelle qui surmonte l'urne a
fermé le piège. Les insectes sont con-
damnés à une lente noyade. Les puissantes
enzymes digestives de la plante n'ont plus
ensuite qu'à les transformer en substances
nutritives.

En l'absence de tout sentier, nous
avancions lentement sur ce sol riche,
limoneux, brun orangé, cherchant parmi
les centaines d'espèces de cette végétation
luxuriante les seules plantes qui nous
intéressaient vraiment.

Les heures passaient, longues, mono-
tones, à marcher en silence. Nous scrutions
le sommet des arbres, les troncs à mi-
hauteur, le dessous des arbustes et le sol;
nous n'échangions des paroles qu'en cas
d'absolue nécessité.

Progressant péniblement vers le sommet
du Kinabalu, Malcolm et moi supportions
très mal l'humidité étouffante, alors que le
professeur Rahman et Jamil, habitués à de
tels climats, ne suaient goutte. C'était le
prix à payer pour avoir la joie de découvrir de nouveaux népenthès.

Ces derniers jours, nous avions déjà eu la chance d'observer près d'une vingtaine d'espèces parmi les plus spectaculaires de la famille.

Et ce matin-là, quelques heures seulement après avoir levé le camp, nous dénichâmes, aux abords d'une clairière, *Nepenthes rajah*, une de ces espèces de népenthès à urne géante. Imaginez! Une urne énorme, de trente-cinq centimètres de profondeur et de dix-huit centimètres de diamètre. J'avais rarement vu Malcolm aussi excité.

Dans l'urne de ces monstres, on ne trouvait pas que des insectes, il y avait aussi des araignées, des grenouilles, des oiseaux et même de petits mammifères de la forêt. En fait, toutes les bêtes suffisamment petites pour passer par l'ouverture de l'urne risquaient la glissade périlleuse si elles effleuraient le bord ourlé de la plante pour goûter au nectar odorant. Très peu d'animaux réussissaient à s'extirper de ce piège remarquablement efficace.

Malcolm se pencha et regarda dans l'urne. Il y vit quantités de fourmis; deux longicornes — de gros insectes munis de longues antennes de la famille des coléoptères – et un lézard vert amande, de bonne taille, partiellement décomposé par les liquides digestifs. Le professeur Rahman prit plusieurs photos de l'urne et de son contenu. Malcolm, le professeur Rahman et moi, nous nous attardâmes un moment pour contempler ce spécimen extraordinaire, tandis que Jamil, assis un peu à l'écart sur un tronc vermoulu, fumait une cigarette.

Puis nous reprîmes notre lente ascension.

Les heures qui suivirent s'avérèrent cependant plus décevantes. Au fur et à mesure de la montée, les népenthès se faisaient de plus en plus rares. Nous sentions poindre la fatigue et le découragement. Peut-être devrais-je vous exposer ici le véritable objectif de notre expédition. Sous le couvert de dresser l'inventaire des espèces de cette famille, nous désirions, en réalité, découvrir une nouvelle espèce. Je vous l'accorde, c'était pure vanité de botaniste que de vouloir à tout prix avoir sa place dans l'histoire des sciences, mais c'était plus fort que nous. Nous avions tous trois le sentiment que loin de tout, dans cette jungle inaccessible,

ce territoire resté miraculeusement à l'abri
des interventions de l'homme, se cachaient
des formes de vie encore inconnues. Mais il
fallait aller plus avant, s'enfoncer plus
profondément dans les dédales de cet enfer
vert, pour trouver ce que nous cherchions.

Nous grimpions toujours le flanc du
Kinabalu lorsque, vers la fin de l'après-
midi, Jamil, qui marchait devant, poussa
un grand cri de joie.

— *Here! Here!* cria-t-il dans un anglais
approximatif en indiquant du doigt, sur sa
gauche, une touffe de fougères arborescentes. Népenthès! Népenthès! *Big, big*
népenthès!

Il était gigantesque, titanesque, plus gros
– et de loin – que tous ceux que nous
avions eu l'occasion de voir jusqu'à
maintenant.

On ne parvenait à apprécier les dimen-
sions de la plante qu'en embrassant un
large périmètre. Elle s'étendait autour du
bouquet de fougères en déployant cinq
urnes colossales qui, trop lourdes pour
rester dressées, reposaient à même le sol.

Un spécimen fantastique.

Fébriles, nous nous approchâmes pour
l'examiner de plus près. Le professeur

Rahman confirma alors tout haut ce que Malcolm et moi pensions déjà: c'était une nouvelle espèce! Oui! Nous venions de découvrir une nouvelle espèce de népenthès! Une espèce géante!

Comment vous décrire ce monstre et ses pièges! Imaginez des urnes vert olive, zébrées de bourgogne. Des urnes grosses comme des barils et plus grandes qu'un homme de taille moyenne. Imaginez ces urnes bordées de larges lèvres rouge sang, luisantes, gluantes. Imaginez-les, enfin, munies d'une sorte de chapeau, moucheté lui aussi de bourgogne, servant de fermeture au piège.

Comment vous expliquer l'état dans lequel nous étions! Fiévreux, nous passions de l'excitation la plus extrême à la contemplation la plus intense. Malcolm ne se possédait plus, riant aux éclats un long moment, poussant des jurons retentissants l'instant d'après.

Le soleil se couche très tôt à l'équateur et la nuit tombe brusquement dans la forêt tropicale. Tandis que je prélevais des tissus sur les urnes géantes, le professeur Rahman se dépêchait de photographier le spécimen sous toutes ses coutures. Il fallait faire vite car nous avions encore à trouver un endroit où dormir.

Jamil, qui était parti en reconnaissance, revint nous dire qu'il avait repéré un replat où nous allions pouvoir installer le campement. C'était l'idéal. Demain, dès l'aurore, nous pourrions étudier plus en détail notre nouvelle espèce.

De toute façon, il était inutile d'aller plus loin. À quoi bon poursuivre l'ascension de la montagne puisque nous avions découvert ce que nous cherchions?

Nous quittâmes le népenthès géant à contrecœur. Il fallut raisonner un peu Malcolm qui refusait de s'en aller, mais, au bout d'un moment, la nuit tombant pour de bon, il accepta de nous suivre.

Nous atteignîmes rapidement le replat. J'aidai notre guide à monter les deux tentes, tandis que Malcolm et le professeur Rahman préparaient le dîner. Jamil se mit en devoir, comme tous les soirs, d'encercler les tentes d'une mince couche de soufre pour nous protéger contre les invasions nocturnes des termites et des autres insectes qui circulent sur le sol de la forêt tropicale.

Puis nous mangeâmes de bon appétit. Malcolm, à la surprise générale, sortit de son sac à dos une bouteille d'un excellent scotch. Il l'avait emportée, espérant bien avoir l'occasion de fêter une découverte importante. Nul besoin de vous préciser que les conversations furent passablement plus animées que celles des autres soirs.

On en vint à discuter du nom latin à donner à notre nouveau népenthès. Assurément, l'un de nous allait connaître la célébrité. En effet, il était fréquent de désigner une nouvelle espèce vivante par le nom de son découvreur. Mais qui, en l'occurrence? Malcolm, en blaguant, proposa *Nepenthes malcolmus.* En fait, lui-même, le professeur Rahman et moi avions en tête de baptiser l'espèce : *Nepenthes jamila.* Ce qui était fort équitable, puisque Jamil avait été le premier à signaler la présence du spécimen. Jamil se montra flatté de la proposition, mais la refusa sous prétexte qu'il n'était qu'un petit guide. Il suggéra plutôt *Nepenthes rahmana,* en l'honneur du professeur qui, d'après lui, profiterait davantage du prestige lié à la découverte. Manifestement, nous n'allions pas clore le débat ce soir-là. Rompus de fatigue, le professeur Rahman et moi allâmes nous coucher assez tôt. La journée du lendemain allait être importante, nous voulions être en pleine forme.

Malcolm, trop excité pour dormir, resta à bavarder avec Jamil qui fumait au coin du feu.

Je me glissai dans mon sac de couchage, puis m'endormis très vite. Et très profondément semble-t-il, puisque je n'entendis ni les cris ni les appels au secours, poussés, sans aucun doute, par l'un d'entre nous au beau milieu de la nuit.

* * *

Le professeur Rahman, Jamil et moi, nous nous levâmes aux premières lueurs du jour.

Malcolm n'était pas là, mais sur le moment, cela ne nous troubla guère. Nous supposions qu'il s'était levé encore plus tôt que nous, impatient d'étudier notre népenthès géant. Comme nous n'étions pas bien loin de l'endroit où l'on croyait qu'il se trouvait, nous l'appelâmes. Aucune réponse ne vint.

Connaissant Malcolm depuis longtemps, je savais qu'il lui arrivait parfois d'être absorbé par ses travaux au point de ne rien entendre. Nous prîmes donc notre petit-déjeuner sans lui, blaguant, causant, préparant le plan de travail de la journée.

Ce n'est qu'une fois rendus sur le lieu de notre découverte que nous nous inquiétâmes de l'absence de Malcolm.

Il y avait pourtant des traces de lui près de la plante – les empreintes de ses pas, son chapeau de coton et son calepin de notes gisant par terre – comme s'il était parti précipitamment.

Craignant qu'il ait été victime d'un malaise, nous fouillâmes d'abord tout autour de la plante carnivore, puis dans un plus large périmètre. En vain. Plusieurs fois, nous l'appelâmes à grands cris. En vain.

Malcolm avait disparu. Disparu.

Puis tout se passa très vite.

Jamil, qui regardait attentivement l'une des urnes de la plante, se mit à crier :

— Népenthès! Népenthès! *Inside* népenthès! *Malcolm is inside* népenthès!

Il disait vrai. L'urne géante était bombée. Et elle avait refermé son couvercle sur une proie.

Malcolm?

Une proie. Il y avait une proie à l'intérieur.

Malcolm?

Nous approchâmes. Était-ce possible? Était-ce réellement possible? Il n'y avait qu'une seule façon de s'en assurer. Je fis signe à Jamil. Il prit sa machette et, d'un seul coup, éventra l'urne pansue.

Malcolm s'y trouvait.

C'était bien lui. Il était livide, raide, englué dans une substance blanchâtre aux relents aigres, mais toujours vivant. À ce moment-là.

Les enzymes du népenthès géant avaient amorcé depuis plusieurs heures déjà la digestion de Malcolm, certaines parties de son corps étaient… Non, je ne vous décrirai pas cela. Sachez seulement que cette maudite plante était en train de dévorer Malcolm vivant. Je vous laisse imaginer le reste…

Comme il était inconscient, nous tentâmes d'abord, et à plusieurs reprises, de le réveiller, mais sans succès. Néanmoins, son cœur battait toujours.

Nous entreprîmes ensuite de le déplacer pour l'étendre plus confortablement au pied d'un arbre, à l'écart de cette plante abominable, mais il fit alors un arrêt cardiaque – nous fûmes en mesure de le réanimer une première fois – puis il fit un second arrêt.

Et cette fois-là, nous échouâmes.

Son cœur s'était arrêté, pour de bon.

Pourquoi avait-il tenu à venir en pleine nuit observer la plante? Comment l'accident avait-il eu lieu? S'était-il trop penché par-dessus le col de l'urne? Comment avait-il glissé à l'intérieur? Pourquoi n'avait-il pas réussi à en ressortir? Les sucs digestifs de ce maudit népenthès étaient-ils puissants au point d'engourdir complètement leur proie?

Autant de questions restées sans réponse.

Si seulement j'avais su, vingt-quatre heures plus tôt, que l'un de nous manquerait à l'appel, j'aurais sur-le-champ interrompu notre expédition sur les flancs du mont Kinabalu.

Mince consolation, Malcolm figure
désormais au panthéon de la science :
Nepenthes malcolmus, tel est le nom homo-
logué de cette nouvelle espèce.

Bref journal
d'un zoologiste

J'aime les livres, et surtout les endroits où on les trouve: librairies, bibliothèques, dépôts d'archives. J'aime ces lieux. Depuis toujours. J'en aime le silence feutré, le recueillement des lecteurs, le chuchotement des bibliothécaires. J'aime aussi – et surtout – être entouré de toute la connaissance du monde, de toute la mémoire écrite de l'espèce à laquelle j'appartiens.

C'est aussi pour cette raison sans doute que j'écris ceci: pour que mes semblables puissent profiter des connaissances que j'ai acquises. En fait, pour être tout à fait honnête, j'écris ceci pour éviter que d'autres ne répètent les mêmes erreurs que moi.

Il fallait que je couche tout sur le papier.

Et veuillez me croire, ce n'est pas une corvée. J'éprouve invariablement ce délicieux contentement à écrire dans les bibliothèques des universités. J'y ai toujours trouvé cette sécurité propice à la réflexion, à l'épanouissement des idées, à l'organisation du discours.

Et j'ai compris depuis longtemps qu'il m'est impossible d'écrire ailleurs que dans une bibliothèque universitaire. J'y passe souvent de longues journées à prendre des notes, rédiger des résumés, réécrire des chapitres pour les publications scientifiques auxquelles je participe. Car, outre les livres, mon autre grande passion, c'est la zoologie, l'étude des arthropodes (insectes, araignées, crustacés, etc.). C'est une passion, oui, mais c'est aussi mon gagne-pain: je suis professeur de zoologie des invertébrés, ici, à l'université.

Et si l'on m'avait dit qu'un jour j'aurais la chance de pouvoir travailler quotidiennement dans cet environnement qui m'est si précieux, et ce, tout en étudiant des invertébrés, je ne l'aurais jamais cru! Et pourtant… et pourtant…

Jusqu'à il y a quelques semaines, j'étais parfaitement heureux ici, traquant des spécimens, fouillant les archives, examinant les plus vieux et les plus rares ouvrages qu'on puisse trouver, inspectant les reliures, les tranches, les pages une à une, l'oreille aux aguets pour surprendre ces minuscules animaux…

Mais j'anticipe. Pour vous permettre de bien comprendre la nature des travaux que j'ai entrepris, je me dois de revenir un peu en arrière.

Mon vif intérêt pour la dérive génique chez les invertébrés a débuté il y a environ six mois. Mais encore faudrait-il que je vous explique tout d'abord ce que signifie l'expression «dérive génique», non?

Sommairement, il s'agit de mutations dans les gènes d'une espèce. Plus précisément, de mutations dans les gènes d'une petite fraction d'une population lorsque celle-ci se trouve isolée de la population globale de l'espèce. Les nouveaux caractères que cette petite population isolée acquiert avec le temps la transforment peu à peu. Et qu'est-ce qui

fait qu'une population subit des mutations? Le hasard. Le pur hasard. Plus
une population se reproduit rapidement,
plus son bagage génétique se renouvelle et
plus ses chances de voir apparaître de
nouveaux gènes augmentent, des gènes
qui, à leur tour, offriront de nouvelles
possibilités à l'espèce. Vous me suivez? Un
exemple?

Les mouches. Les mouches se repro-
duisent très vite. Isolez la population
d'une espèce de mouche qui habite
d'ordinaire sur le continent et transportez-
la sur une île isolée du Pacifique. Laissez
ensuite le temps et le hasard faire leur
œuvre. Peu à peu, des nouveaux caractères
apparaîtront; des avantages qui favorisent
la survie des mouches dans leur nouvel
environnement. Baptisons « gène X1 » le
nouveau gène qui apparaît brusquement
en offrant un quelconque avantage à notre
espèce de mouche insulaire. Que se
produit-il ensuite? Au sein même de cette
population, les mouches les mieux
adaptées pour survivre dans ce type
particulier d'environnement, c'est-à-dire
celles possédant le gène X1, laisseront
donc plus de descendants avec ce fameux

X1. Plus cette population sera petite, plus elle se reproduira vite, et plus ce gène X1 se transmettra rapidement et totalement, devenant alors un gène de base au sein de cette nouvelle espèce de mouche habitant sur cette île en particulier. C'est ainsi que de nouvelles espèces apparaissent, c'est ainsi que s'accomplit l'évolution : par l'isolement, les possibilités d'un nouvel environnement et le renouvellement aléatoire des gènes d'une population.

Bon, voici qui devrait vous permettre de mieux comprendre ce qui va suivre.

Je vous disais donc que mon intérêt pour la dérive génique chez les invertébrés a débuté il y a environ six mois. C'est en effet à ce moment-là que je mis la main sur une étude fort intéressante de deux chercheurs britanniques concernant des moustiques mutants dans le métro de Londres. Oui, dans le métro! On y avait découvert une nouvelle espèce de moustiques ayant dérivé d'une espèce cousine (qui, à l'air libre, se nourrissait du sang des oiseaux). De façon extraordinaire, la nouvelle espèce vivant sous terre possédait un bagage génétique différent et elle s'était adaptée à son nouvel environnement, consommant désormais le sang des mammifères (des rats, des souris et, bien sûr, des milliers de passagers quotidiens du métro). Les moustiques « mutants » avaient vraisemblablement pénétré dans les entrailles du réseau souterrain lors de sa construction, à la fin du XIXe siècle. Et ces moustiques-là formaient désormais une espèce distincte, puisque tous les efforts pour les croiser avec leurs ancêtres évoluant à l'air libre avaient échoué (on avait même décelé des différences génétiques chez les moustiques d'une ligne de métro à une autre!). Dans la mesure où les différences génétiques entre les moustiques du métro et leurs cousins à l'air libre étaient aussi importantes que s'ils avaient été séparés pendant plusieurs millions d'années, c'était un cas fascinant d'évolution, en direct!

L'isolement accidentel de la population dans le métro avait eu le même effet que si celle-ci avait été isolée sur une île lointaine : *isolement = évolution = nouvelle espèce.*

Ces découvertes surprenantes sur les moustiques du métro de Londres allaient me donner l'idée d'étudier d'autres cas de dérive génique et d'isolement de populations d'invertébrés. Mais loin de moi l'idée de travailler dans les bruyants couloirs du métro! J'allais plutôt effectuer mes recherches dans le cadre familier des bibliothèques universitaires...

* * *

C'est ainsi que j'eus cette idée de joindre l'utile à l'agréable: étudier les invertébrés des bibliothèques! L'idée était assez simple. Il s'agissait de comparer le matériel génétique d'une espèce particulière, le pou des livres, dans différentes bibliothèques du continent, de manière à pouvoir constater la dérive génique dans différentes populations. Je voulais prouver que chaque bibliothèque était une île pour la population de poux des livres qui y habitait, et que cet isolement stimulait leur transformation, au terme de laquelle apparaissaient de nouvelles espèces.

Bien que les normes pour la conservation des livres soient standardisées, les bibliothèques offrent tout de même des conditions environnementales différentes à leurs populations de poux respectives:

âge moyen des ouvrages conservés, efficacité des procédés d'extermination des parasites, légères variations d'humidité ou de température de conservation, etc. De telles différences environnementales – même minimes – pouvaient permettre l'éclosion de nouvelles espèces. Peut-être même que chaque bibliothèque universitaire abritait sa propre espèce! Je me voyais déjà à Harvard, à U.C.L.A., à Berkeley, arpentant les couloirs, explorant les rayonnages, inspectant les ouvrages, méticuleusement, l'un après l'autre, à la recherche de spécimens.

J'avais choisi d'étudier le pou des livres parce que cet invertébré est un véritable dévoreur de bouquins: il raffole de la pâte d'amidon, du papier (pour la cellulose) et de la colle animale se trouvant dans la reliure des vieux documents (aujourd'hui, heureusement, cette colle est remplacée par une colle synthétique). Le pou des livres, vieil habitué des bibliothèques, est facile à trouver, et assez inoffensif quand on sait comment en venir à bout. Oui. Assez inoffensif.

* * *

L'étape suivante consistait à rédiger un projet de recherche dans le but d'obtenir une subvention du Conseil de l'université. C'est à ce moment que les choses commencèrent à déraper.

D'abord, avant même que ma requête ne parvienne en haut lieu, je fus la cible des commentaires sarcastiques des autres professeurs du département. On dénigra mon projet, estimant que mes hypothèses étaient ridicules; insinuant que je visais mon seul intérêt, mon but étant sans doute de passer encore plus de temps dans les bibliothèques (ma prédilection pour ces lieux étant hélas connue de tous).

Plus navrant encore, mon projet ne reçut même pas l'approbation officieuse du directeur de mon département. Il jugea la présentation de mon projet bâclée, mes prémisses floues, ma méthodologie imprécise et, surtout, le budget exorbitant.

Bref, ma belle idée était morte dans l'œuf.

Ce jour-là, frustré par cette rebuffade, je décidai de poursuivre quand même mes recherches sur le pou des livres, mais cette fois à l'insu de mes pairs et, bien sûr, sans le soutien financier de l'université. Et, comme je n'avais pas les ressources pécuniaires pour voyager aux quatre coins du pays, il me fallait reconsidérer mon approche et établir un plan d'expérimentation plus économique.

C'est à partir de cet instant, je crois, que, sans m'en rendre compte, je déclenchai le processus irréversible qui me ferait commettre toute une série de petites erreurs assez fâcheuses.

* * *

Dès le lendemain de ma déconfiture, j'envisageai une solution de remplacement; une solution, ma foi, assez ingénieuse. Si je ne pouvais pas étudier des populations isolées de poux dans les bibliothèques de différentes universités, rien ne m'empêchait de recréer – à une plus petite échelle – les mêmes conditions d'isolement. Pourquoi n'y avais-je pas pensé plus tôt?

L'université possédait trois bibliothèques aménagées dans trois bâtiments distincts (la bibliothèque des sciences, la bibliothèque médicale et la bibliothèque générale). Pour les besoins de mon expérimentation, je n'avais qu'à m'assurer que la distance les séparant était suffisante pour que les poux qui s'y trouvaient – ou s'y trouveraient bientôt – ne puissent pas facilement se déplacer d'une bibliothèque à l'autre.

Je vérifiai dans un premier temps la présence et le type des populations de poux. Je constatai avec joie que la bibliothèque des sciences et la bibliothèque médicale, dont on avait dernièrement éradiqué les parasites, étaient exemptes d'insectes ou d'invertébrés : je n'aurais pas pu mieux tomber. Par contre, à la bibliothèque générale, de nombreuses sections subissaient l'assaut de bataillons de poux. C'était parfait. Absolument parfait.

Je pris soin ensuite de noter la nature et la fréquence des échanges entre les trois bibliothèques et je m'aperçus que les transferts de livres étaient suffisamment rares pour me permettre de préserver l'isolement de mes trois habitats de poux.

Il ne me restait plus qu'à prendre quelques spécimens de l'espèce présente dans la bibliothèque générale afin de les faire se reproduire et d'obtenir deux populations distinctes que je pourrais ensuite introduire dans les deux autres bibliothèques.

La principale difficulté consistait à rendre les conditions environnementales de ces trois habitats légèrement différentes, de manière à favoriser la dérive génique chez ces espèces isolées et leur permettre d'évoluer de façon divergente de l'espèce souche.

Après l'analyse d'une série de facteurs environnementaux (température et humidité de l'air, acidité ou alcalinité des lieux, etc.), j'en vins à la conclusion que les écarts étaient suffisamment importants pour que je puisse considérer les bibliothèques comme trois habitats distincts.

À la bibliothèque générale, une fuite lors de récents travaux de plomberie avait provoqué une inondation, entraînant du même coup une augmentation du taux d'humidité de l'air ambiant. Ce taux était considérablement plus élevé que dans les deux autres bibliothèques. Et d'un.

À la bibliothèque des sciences, j'avais enregistré un pH très acide des surfaces horizontales (tablettes des rayonnages). Et de deux.

À la bibliothèque médicale, le frileux et taciturne bibliothécaire en chef montait le thermostat chaque fois qu'il passait devant! La température moyenne y était donc plus élevée que dans les autres bibliothèques. Et de trois.

J'avais donc une population et trois habitats dissemblables. Il ne me restait plus qu'à recréer artificiellement, à partir d'une souche originale de poux mangeurs de livres, deux nouvelles espèces.

Et comment réussit-on à créer de nouvelles espèces rapidement? Facile quand il s'agit d'aussi petits organismes vivants! Il suffisait de les bombarder de rayons ultraviolets (les ultraviolets sont mutagènes; ils accélèrent les mutations des gènes). Mon plan était assez simple: la population A (souche de base) ne subirait aucun traitement, alors que les populations B et C seraient soumises à des séances d'exposition aux ultraviolets de durée différente pour favoriser l'éclosion d'espèces distinctes.

J'amorçai alors en laboratoire un programme intensif de bombardement de ma population originelle de poux des livres.

Je ne le compris que plus tard : c'était la chose à ne pas faire.

* * *

Un mois exactement après avoir procédé aux bombardements d'ultraviolets, je commençai à transférer clandestinement des centaines d'individus de mes deux nouvelles populations, l'une dans la bibliothèque médicale et l'autre dans celle des sciences, puis je me mis à observer la colonisation parallèle de leurs habitats respectifs.

Quant à la population de poux de la bibliothèque générale, elle constituait en quelque sorte le groupe témoin à partir duquel j'allais pouvoir comparer les comportements, les stratégies de colonisation et de survie des deux nouvelles espèces que j'avais créées.

Très vite – en quelques jours, en fait – je réalisai que j'allais pouvoir confirmer mes hypothèses! J'étais dans un état d'excitation extrême. Triomphant, je souriais à la perspective de confondre mes collègues détracteurs et tous ceux qui m'avaient ridiculisé. Pourquoi tant d'optimisme? Mes deux groupes de nouveaux poux s'étaient fort bien adaptés à leur nouvel environnement. Chacun d'eux avait réussi à coloniser une rangée entière d'ouvrages. Les courbes de natalité et de survie montaient en flèche. C'était un succès, sur toute la ligne!

Mais je déchantai tout aussi rapidement en constatant le rythme auquel ces deux populations pouvaient se reproduire. Laissées à elles-mêmes, elles auraient pu facilement dévorer des rayonnages entiers en l'espace de quelques semaines!

J'y étais peut-être allé un peu fort avec les ultraviolets...

Comme si cela ne suffisait pas, je me rendis compte ensuite de quelque chose d'étonnant. Dans la bibliothèque générale, celle où rien n'aurait dû changer... la population souche était en train de dépérir. Sans le vouloir, j'avais introduit des poux « améliorés » en trimballant avec moi, d'une bibliothèque à l'autre, un gros manuel de physiologie animale ainsi que le cahier où je notais mes observations. Tous deux étaient infestés de superpoux!

Je devais me rendre à l'évidence: il y avait oscillation chaotique des effectifs dans les trois habitats. En clair: je n'étais plus maître de la situation, le pou original disparaissait alors que les populations de superpoux explosaient!

Non seulement les ultraviolets avaient procuré un avantage évolutif certain aux deux nouvelles espèces de poux en leur permettant d'engloutir tout sur leur passage: papier, carton, cuir, colles animale et synthétique, résines de toutes sortes; mais en plus, ils les avaient transformés en véritables opportunistes capables d'utiliser tous les moyens possibles pour coloniser de nouveaux habitats.

C'était, somme toute, assez inquiétant.

Il fallait sans délai prendre des mesures pour exterminer ces nouvelles souches de poux des livres dans les trois bibliothèques, sans quoi tous les ouvrages allaient y passer!

J'eus dès lors recours – en catastrophe et dans le plus grand secret – à toutes les méthodes éprouvées pour venir à bout des parasites les plus tenaces. Mais rien n'y fit. Les superpoux résistaient à tout. Même au gel.

Je plaçai en effet quelques livres infestés au congélateur, durant une semaine, à une température de - 25 degrés Celsius. Normalement, cela permet de se débarrasser de 90 % des poux des livres (la grande majorité supportant mal un froid brutal et intense). Et quand, dans une deuxième phase, on réchauffe les poux ayant survécu et qu'ensuite on les replace au congélateur, ils meurent tous. (Car ces survivants du premier gel n'ont plus eu le temps de sécréter une quantité suffisante de glycérol, cette substance qui les protège des cristaux de glace qui se forment entre leurs cellules pendant leur hibernation.)

Est-il besoin de vous dire que les superpoux ont résisté à cela aussi?

Je devais admettre l'incontestable, j'avais créé de nouvelles espèces incroyablement voraces et migratrices : une menace terrible planait sur tous ces livres, tout ce savoir, toute la mémoire écrite de ma propre espèce conservée dans les bibliothèques.

* * *

J'en vins à la conclusion que je ne pouvais plus garder ça pour moi. C'est pour cette raison que j'écris : pour éviter

que d'autres ne répètent les mêmes
erreurs…

J'ai retrouvé des superpoux partout.
Partout! Ils se multiplient à une vitesse
phénoménale dans mes dossiers, mes
documents, mes archives. Encore aujour-
d'hui, j'en ai trouvé quelques-uns dans
mon cahier de notes.

Confortablement installé à l'une des
longues tables communes de la bibliothèque, j'en suis à terminer ma rédaction.
Et tout autour, j'entends ce bruit faible,
mais soutenu, perceptible à toute oreille
attentive : un mâchouillement sinistre et
acharné; l'avancée perpétuelle de ces
petites mandibules qui mastiquent,
broient, avalent, digèrent tous ces livres,
tous ces ouvrages que j'aime tant.

Dès l'instant où j'aurai fini mon récit,
j'irai trouver le directeur, en espérant qu'il
ne soit pas tr

Dégel

Hier soir, j'ai fait un rêve étonnant.

Dans un ciel sans nuages, le petit avion de brousse, à bord duquel je me trouvais, survolait des étendues boisées, quelque part loin dans le Nord.

Sous l'appareil se succédaient forêts boréales, lacs cristallins et rivières tranquilles d'une région sans relief que je n'arrivais pas à reconnaître. Les sombres massifs de conifères défilaient, interminables.

Assis à l'arrière du cockpit, je tentais de temps à autre d'engager la conversation avec le pilote, mais celui-ci restait obstinément silencieux, et tout à son affaire. Il ne se retournait jamais, de sorte que tout ce que je pouvais voir de lui, c'était son large dos.

Puis l'avion passa au-dessus d'une immense tourbière. C'était sans doute la fin de l'été, car le feuillage des buissons en feu empourprait l'amas des mousses ocre.

C'est à ce moment que je vis les trois chiffres.

Sept, un, deux.

Trois chiffres énormes, de plusieurs centaines de mètres de longueur, sculptés à même les arbustes, à même la végétation; trois chiffres écarlates émergeant du sol au beau milieu d'une tourbière isolée.

Sept, un, deux.

Comme l'avion filait à bonne vitesse, déjà, derrière nous, la tourbière disparaissait à l'horizon.

Qui avait bien pu sculpter de pareilles formes au milieu de nulle part? Et surtout, pourquoi? Avais-je bien vu? Avais-je été victime d'une hallucination?

Je criai au pilote de faire demi-tour pour que je puisse contempler à nouveau ce spectacle fascinant.

Il ne répondit pas, mais se retourna enfin.

Je remarquai alors l'insigne brodé sur son blouson d'aviateur. Un insigne qui aurait dû me révéler le nom du pilote mais qui, cette fois, ne portait qu'un numéro, un numéro formé de trois chiffres : sept, un, deux.

Je sus alors qu'il était inutile de lui demander quoi que ce soit d'autre.

Et je m'éveillai.

* * *

Il pleut.

Il pleut sans cesse.

Des trombes d'eau.

Depuis des jours et des jours. En fait, depuis plus de deux semaines, depuis que je suis revenu de Vostok, en Antarctique.

Il pleut à verse.

Une pluie incessante, une pluie de fin du monde, une pluie diluvienne. Combien de temps cela durera-t-il encore?

Ce matin, j'ai encore saigné du nez à mon réveil. Presque une habitude depuis mon retour de Vostok.

Vostok : une station de recherche construite à la fin des années 1950 par les

Soviétiques; un baraquement de fortune au milieu d'un désert blanc, d'une plaine de glace, loin à l'intérieur du continent, tout près du pôle sud magnétique, là où – à l'exception de quelques chercheurs affairés – aucune vie ne résiste; une suite de baraques rectangulaires de plain-pied collées l'une contre l'autre et reliées à une génératrice souffreteuse par des lianes et des lianes de fils électriques.

La station abrite des chercheurs russes, américains, français et d'autres nationalités. Participant à un projet d'étude international sur les changements climatiques, climatologues, géologues et biologistes cohabitent tant bien que mal dans ces installations archaïques, exiguës et inconfortables.

J'y ai passé quatre semaines en janvier dernier avec Wilson – mon assistant de recherche – pour extraire des carottes de glace de la calotte polaire. Un mois à extraire des dizaines d'échantillons, à les retirer précautionneusement du tube de carottage, à les transporter, les classer et les entreposer, de manière à les maintenir à une température optimale de conservation.

Un mois à travailler quatorze heures par jour, parce que, de toute façon, il n'y avait rien d'autre à faire, rien d'autre à voir; parce que l'horizon est vide, aplati, d'un blanc navrant, sans trace de vie. Et, pour un biologiste, un horizon sans vie est un horizon sans intérêt.

Il ne neige pratiquement jamais en Antarctique. La seule neige nouvelle est celle balayée par le vent. Un vent sec, de désert polaire; un vent immense, infatigable, soufflant en moyenne à soixante kilomètres à l'heure, amassant la neige tout autour de la station, écrasant le mercure au fond du thermomètre (- 20 degrés Celsius en moyenne durant l'été austral, de décembre à mars). La température n'y atteint jamais le point de congélation (c'est à Vostok, en juillet 1983, pendant l'hiver antarctique, que l'on a enregistré la plus basse température du monde depuis qu'il existe des statistiques météo: - 89 degrés Celsius).

Un mois à travailler quatorze heures par jour. Non seulement parce qu'il n'y avait rien d'autre à faire, mais aussi et surtout parce que je cherchais quelque chose de particulier dans les échantillons de glace.

Et plus le temps passait, plus il me semblait évident que je n'allais rien trouver, que j'avais dépensé une énergie considérable pour rien, que j'avais fait un énorme trou dans le budget de recherche du programme de biologie de l'université en vain; que je suivais une mauvaise piste, que j'allais rentrer bredouille.

Puis il y a eu cette découverte de OD-6G l'avant-dernière journée de forage, le 27 janvier au matin.

L'épuisement dû aux longues journées de travail, toutes ces heures passées à manipuler, à inspecter minutieusement les carottes de glace translucide; l'appréhension de ne rien trouver : tout cela était balayé, oublié. Je venais de faire une découverte stupéfiante.

OD-6G.

J'avais le sentiment d'avoir enfin mis en évidence ce qui nous pendait au bout du nez, une catastrophe imminente.

* * *

À Vostok, en Antarctique, il neige rarement, et il ne pleut jamais. Mais ici, c'est une autre histoire. Ici, le temps est instable. Les dépressions se suivent les unes après les autres. Il pleut sans arrêt. Une pluie incessante, une pluie de fin du monde, une pluie diluvienne. Comme si le temps s'était déréglé. Comme si nous n'allions plus jamais revoir la lumière du soleil. Comme si un temps incertain, tourmenté, s'installait pour des années, voire des décennies.

Au-dessus de nos têtes, les dépressions atmosphériques sont en mouvement, tournant sans fin sur elles-mêmes, colossales spirales de plus en plus puissantes, de plus en plus instables, de plus en plus chaotiques.

Ce matin, quand je me suis levé, il y avait de nouveau du sang sur l'oreiller. Mon nez dégouline comme le ciel. Depuis mon retour, je saigne du nez presque toutes les nuits; rares sont les matins où, à mon réveil, la taie d'oreiller n'est pas maculée de sang. Pourquoi donc? La fatigue? Ou alors le stress, la fébrilité provoqués par mes travaux?

Cette pluie qui n'arrête jamais.

Combien de temps cela durera-t-il encore?

* * *

J'ai fait un autre rêve troublant hier soir.

Je marchais seul dans une forêt tropicale profonde, pluvieuse, très ancienne, où la canopée des arbres empêchait toute lumière de parvenir jusqu'au sol.

Fougères arborescentes, figuiers étrangleurs, innombrables arbres et arbustes de toutes espèces; j'étais encerclé, prisonnier de ce monde vert. À chaque pas, je sentais se refermer subrepticement sur moi le sentier sur lequel j'avançais. Les chants des oiseaux et des cigales étaient assourdissants. Les yeux rivés au sol pour éviter de trébucher sur des racines – ou pire encore, de marcher sur un serpent ou sur un scorpion –, je m'enfonçais toujours plus profondément dans la forêt.

Puis je m'arrêtai un moment, fasciné par une colonne de termites roussâtres qui, deux par deux, croisaient la piste devant moi dans un ordre parfait.

C'est alors que débuta un étrange ballet.

Méthodiquement, les termites se mirent à sortir des rangs pour entamer une ronde désordonnée sur le sol nu, en plein centre du sentier.

Pendant un instant, je crus qu'elles avaient complètement perdu le sens de l'orientation; des centaines et des centaines de termites erraient sans but apparent. Mais elles se regroupèrent bientôt en trois larges amas qui, peu à peu, prirent chacun une forme qui me parut vaguement familière. Les termites étaient à façonner quelque chose de cohérent; des symboles, des lettres ou des chiffres.

Et je vis alors apparaître trois chiffres: sept, un, deux.

Les mêmes chiffres que dans mon rêve précédent.

Qu'est-ce que cela voulait dire? Que voulait-on me faire comprendre?

Sept, un, deux.

Les termites, une fois leur besogne accomplie, demeuraient tout à fait immobiles, comme si elles voulaient me faire comprendre qu'il s'agissait d'un message qui m'était adressé, et que je devais y porter une grande attention.

Je sus alors qu'il était inutile de m'enfoncer plus avant dans la forêt.

Et je m'éveillai.

* * *

C'est le 27 janvier au matin que j'ai découvert les premières traces de OD-6G sur l'échantillon de glace extrait de la calotte polaire à proximité de la station Vostok.

Tard la veille au soir, Wilson et moi avions retiré du tube de carottage un échantillon de deux mètres d'une glace ancienne, située à un demi-kilomètre sous la surface. Comme nous étions épuisés et que, de toute façon, nous devions laisser la pression interne de l'échantillon s'équilibrer avec la pression atmosphérique (plus faible que celle de la glace en profondeur), nous l'avions transporté dans le laboratoire – où la température était constamment maintenue à - 55 degrés Celsius, de manière à éviter que les particules des carottes ne se dégradent.

Ce matin-là, je me levai maussade et las.

Il ne restait que deux jours de forage. Et nous n'avions rien découvert de significatif, rien, jusqu'à une profondeur d'environ cinq cents mètres. Pendant un mois, nous avions extrait, examiné et entreposé de huit à dix échantillons par jour : le 27 janvier au matin, cela faisait exactement quarante-neuf carottes. Et aucune trace de ce que je cherchais. Aucun signe d'une vie particulière.

Je pris en vitesse un petit-déjeuner sommaire, non seulement parce que la nourriture était infecte, mais aussi parce que la compagnie des autres chercheurs m'agaçait de plus en plus. Je n'échangeais plus avec eux que de vagues paroles insipides, destinées à leur faire clairement comprendre que je ne souhaitais pas converser avec eux. En cette avant-dernière journée à Vostok, tout me portait sur les nerfs.

J'étais épuisé; ennuyé par mon échec, je dormais d'un mauvais sommeil. Et le fait de partager avec d'autres un espace aussi restreint, de vivre en vase clos vingt-quatre heures sur vingt-quatre avec de purs étrangers, ne m'aidait certes pas à améliorer mon humeur.

Je quittai la salle à manger et pris, sans grand entrain, la direction du laboratoire, car il fallait bien commencer l'analyse de l'échantillon extrait la veille au soir.

Les relents habituels d'huile de moteur, de diesel et de graisse refroidie flottaient dans les couloirs étroits de la station.

Certains matins, tandis que je marchais vers le labo, j'avais l'impression d'avancer dans les coursives d'un bateau, ou même d'un sous-marin en plongée. Mais, à travers les rares fenêtres, une forte lumière, réfléchie par la glace étincelante de la plaine, plongeait de grands pans de couloirs dans un jour aveuglant. Je me rappelais alors où je me trouvais. J'étais prisonnier d'un petit univers, d'un labyrinthe hermétique. Et dehors, le vent soufflait toujours, infatigable. Le thermomètre extérieur affichait invariablement - 20 degrés Celsius. En plein été.

J'en avais plus qu'assez. La partie était terminée : je n'allais pas trouver ce que j'étais venu chercher. Désormais, je ne souhaitais plus qu'une chose : partir au plus vite, déguerpir de Vostok.

Je parvins au laboratoire et entrai dans la pièce sombre, encombrée d'équipements, de caissons et d'outils divers appartenant aux différentes équipes de recherche qui y déposaient pêle-mêle leur matériel.

À une heure aussi matinale, personne ne s'y trouvait.

Je remontai machinalement la fermeture éclair de mon anorak et j'enfilai mes gants tout en m'approchant de la table lumineuse sur laquelle se trouvait le long cylindre bleuté, translucide.

J'allumai la puissante lampe située sous la vitre de la table pour étudier par transparence l'échantillon de glace.

À cinquante-quatre centimètres exactement d'une des extrémités de l'échantillon – ce qui équivalait donc à 497,46 mètres de profondeur sous la glace – on distinguait, à l'œil nu, une zone grise anormalement voilée sur tout le pourtour de la carotte de glace. À environ cinq cents mètres sous la surface, la foreuse avait traversé une mince couche de quelque chose d'inattendu. Quelque chose qui, jadis, avait été vivant.

Bien sûr, il m'était impossible de confirmer mon hypothèse, d'identifier ce que j'avais sous les yeux sans l'aide d'instruments plus puissants, plus perfectionnés. Mais j'acquis bientôt la certitude que je venais de faire une découverte importante, capitale.

J'avais trouvé ce que j'étais venu chercher : un organisme minuscule, endormi, enfoui sous des tonnes et des tonnes de glace.

Qui vivait là, jadis, il y a des dizaines de milliers d'années, à une époque où le climat était plus clément, plus chaud.

* * *

Aussitôt revenu de l'Antarctique, dans les premiers jours de février, je réquisitionnai un petit laboratoire inutilisé au sous-sol du pavillon des sciences de l'université. Je devais d'abord m'assurer que ce que j'avais trouvé était bien une colonie de micro-organismes et non un simple amas de poussières.

Avant de procéder aux analyses, je pris soin d'abaisser la température du laboratoire à - 3 degrés Celsius. Et, afin d'éviter toute contagion, le jour où j'amorçai l'examen approfondi de l'échantillon de glace, je stérilisai avec de l'éthanol la table de travail ainsi que les instruments dont j'allais me servir, puis j'enfilai des gants chirurgicaux. Je découpai alors une mince tranche de la carotte de glace à l'aide d'une scie.

En analysant, dans les jours qui suivirent, cette section de l'échantillon par microscopie épifluorescente et cytométrie au laser, je détectai rapidement une grande quantité de micro-organismes : 14×10^6 individus/mm^3, soit une densité de quatorze millions de bactéries par millimètre cube de glace.

Car c'était bien d'une bactérie qu'il s'agissait. Une bonne vieille bactérie dont j'identifiai aisément le groupe d'appartenance : les Bêta-protéobactéries, bien connues pour leur grande diversité et leur capacité à coloniser des milieux variés.

En soi, la découverte de cette bactérie dans le tube de carottage n'était pas une trouvaille renversante.

Depuis plusieurs années déjà, des équipes de chercheurs foraient la glace de Vostok, et ce, jusqu'à plus de trois kilomètres de profondeur. Et dans les carottes ainsi extraites, ils avaient découvert des colonies de micro-organismes à des profondeurs beaucoup plus importantes, remontant dans le temps – et dans l'histoire du climat de la planète – au fur et à mesure de la descente de la foreuse dans la calotte glaciaire.

Il faut dire que la grande agitation scientifique régnant à Vostok est due à la découverte, au milieu des années 1970, d'un lac immense – de la taille du lac Ontario – à quatre kilomètres sous la glace. Un lac qui ne gèle jamais, puisqu'une source tellurique y maintient l'eau légèrement au-dessus du point de congélation.

De par son âge – la masse de glace qui le recouvre s'est formée au cours d'un processus long de quelque 500 000 ans – et de par son isolement géographique – en plein centre du continent le plus inaccessible du globe, et enfoui à plusieurs kilomètres sous la surface – le lac Vostok constitue véritablement l'écosystème le plus isolé de la planète. Et la perspective de pouvoir étudier des micro-organismes vieux de près d'un demi-million d'années attirait des chercheurs de partout. Dont moi.

Moi qui, à l'inverse des autres scientifiques, cherchais à mieux connaître les micro-organismes près de la surface – et non en profondeur.

La découverte de cette bêta-pro-
téobactérie n'avait donc rien d'ex-
ceptionnel. C'est ce que je trouvai à
l'intérieur du corps cellulaire lui-même
qui était du plus grand intérêt : un bactériophage.

Un virus qui parasite les bactéries,
comme le virus Ébola, ou comme ceux responsables de l'influenza, ou de la fièvre
jaune.

Moi qui cherchais à prédire certains
des effets possibles du réchauffement
climatique de la planète, eh bien, j'étais
servi.

Ces effets-là, personne ne les avait
prévus.

Dans les couches supérieures de la
calotte glaciaire dormait un organisme
disparu de la surface de la planète depuis
des dizaines de milliers d'années, congelé
mais prêt à sortir de sa léthargie si la
température se réchauffait de quelques
degrés seulement.

Je baptisai sur-le-champ ma découverte :
OD-6G.

OD-6G : organisme découvert dans le
tube de carottage numéro 6G de la station
Vostok.

Oui, un virus. Et d'une grande virulence, comme je n'allais pas tarder à le découvrir.

* * *

Mon rêve d'hier soir était tout aussi singulier que les deux précédents.

Assis sur un tabouret, dans un grand laboratoire vide et stérile, je regardais dans l'objectif d'un microscope installé sur une longue table en acier inoxydable.

Sur la lamelle, une colonie gélatineuse de micro-organismes grouillait dans un liquide laiteux. Mus par une extraordinaire cohésion, les micro-organismes s'excitaient tous au même moment, selon le même rythme et la même chorégraphie. À de brusques mouvements spasmodiques, mais coordonnés, succédaient des intervalles d'inertie, suivis à nouveau de périodes d'activités débridées.

Puis vint un moment où la colonie s'immobilisa pour de bon, juste après qu'elle se fût scindée en trois. Trois groupes formant trois chiffres : sept, un, deux.

Ces mêmes trois chiffres. Encore.

Qu'est-ce que cela signifiait? Que voulait-on me faire comprendre?

Sept, un, deux.

Je levai les yeux et remarquai qu'une bible était posée tout à côté du microscope sur la table en acier inoxydable. Y était-elle l'instant d'avant? Peu importait.

Je l'ouvris et me mis à en tourner les pages.

Sept, un, deux.

La Genèse, cela ne pouvait être que dans la Genèse.

Chapitre sept, versets un et deux?

Non, non, ça n'allait pas du tout.

Chapitre sept, verset douze, alors?

Oui, c'était cela.

La Genèse, chapitre sept, verset douze: « Et la pluie tomba sur la terre pendant quarante jours et quarante nuits. »

Le déluge.

Le grand déluge.

Je m'éveillai d'un coup. Une large tache de sang maculait ma taie d'oreiller.

* * *

Il pleut des trombes d'eau depuis des semaines.

Par notre faute, la planète se réchauffe; tout le monde est au courant.

Alors que voilà une décennie, la menace d'un réchauffement climatique causé par les activités humaines était vague, les choses aujourd'hui se précisent. Les preuves s'accumulent comme autant d'évidences : les glaciers reculent; la banquise australe fond; océans, fleuves et lacs se réchauffent; le pergélisol dégèle. L'eau monte, des pans entiers de continents disparaîtront bientôt sous les eaux.

Au pôle Nord, les ours polaires n'ont plus de banquise pour chasser; les saumons du Pacifique suffoquent dans l'eau chaude; sous les tropiques, les récifs de corail se décolorent, flétrissent, meurent.

Les habitats se modifient, s'étendent ou disparaissent; plantes et animaux montent à l'assaut du Nord; les routes migratoires sont perturbées; les prédateurs sont devenus proies et les proies, prédateurs.

Le climat aussi s'est déréglé. Ouragans, tornades et typhons sont plus fréquents qu'avant. Les orages sont aussi plus violents. Le ciel est couvert de nuages en permanence. Les dépressions s'éternisent.

Il pleut chaque jour davantage.

Tous admettent que si rien n'est fait dans les plus brefs délais pour – au moins – ralentir ce processus, la catastrophe est imminente.

La température se réchauffe.

Le mouvement de l'air chaud qui monte provoque en surface une baisse de la pression atmosphérique. C'est ainsi que les dépressions se mettent en mouvement, dans une grande spirale ascendante.

Et plus l'air se réchauffe, plus le système tend à devenir puissant, instable, chaotique.

Quand le CO_2 augmente dans l'atmosphère, la température s'élève. Quand il y a augmentation de la température, il y a davantage de nuages. Quand la couverture nuageuse est plus intense, il y a davantage de pluie. Quand la pluie est plus intense, il y a augmentation de l'humidité.

Les plantes croissent davantage quand les taux de CO_2 et d'humidité sont élevés dans l'atmosphère. Et plus la végétation est dense, plus l'humidité augmente. Avec l'humidité viennent les nuages. Avec les nuages, la pluie. Avec la pluie, l'humidité. Avec…

Nous sommes au centre d'une intense dépression, sous l'effet d'une spirale ascendante.

Un immense vortex incontrôlable, qui se nourrit de lui-même, et que rien ne peut arrêter.

La calotte glaciaire de l'Antarctique fond, libérant dans l'atmosphère du XXIe siècle des organismes antédiluviens, dont un micro-organisme d'une redoutable efficacité, prêt à parasiter tout hôte intéressant, toute espèce, incluant nous-mêmes.

En provoquant le réchauffement de la planète, nous avons induit notre propre chute.

L'arroseur arrosé.

Nous coulons notre propre bateau, notre propre arche.

Comment cela se passera-t-il?

OD-6G se chargera d'effacer de la surface du globe la plupart de nos traces. Simplement. Proprement. Efficacement.

Quelles seront les premières manifestations du virus?

Des saignements de nez?

Probablement.

Il faut que j'arrête d'écrire maintenant, mon nez s'est remis à saigner.

À propos des informations scientifiques présentées dans quelques-unes de ces histoires

Dans *Urne funéraire*: vraie l'existence des plantes carnivores du genre *Nepenthes*; fausse celle de *Nepenthes malcolmus*.

Dans *Pour en finir une fois pour toutes avec le Sasquash*: vraie l'existence d'un regroupement international de cryptozoologistes; vraies les découvertes de nouvelles espèces de poissons, baleines et chèvres sauvages (on découvre encore, chaque année, de nouvelles espèces végétales ou animales); fausses les affirmations prouvant hors de tout doute raisonnable l'existence du Sasquash (du moins au moment où l'on écrit ces lignes).

Dans *Bref journal d'un zoologiste*: vraie
l'existence d'une nouvelle espèce de
moustiques souterrains dans le métro de
Londres; vraie également l'existence du
pou des livres; fausse – bien sûr –
l'existence redoutable des nouvelles
espèces de poux obtenues par les
manipulations du narrateur. (La fin
abrupte du récit n'est pas une erreur de
typographie: le narrateur s'est fait dévorer
son texte par les superpoux!).

Dans *Dégel*: vraie l'existence du grand
lac Vostok, vraie également celle de la
station scientifique du même nom; vraie la
nature des travaux qui y sont effectués
(une équipe de recherche a trouvé des
micro-organismes à 3,6 kilomètres de
profondeur dans la glace). Le lecteur qui
souhaiterait en apprendre davantage sur
les micro-organismes découverts dans les
tubes de carottage pourra consulter les
revues scientifiques *Science* – 1999, volume
286, pages 2141 et suiv. – et *Nature* – 1996,
volume 381, pages 644 et suiv.; pages 684
et suiv.; mais fausse la découverte d'un
virus bactériophage à cinq cents mètres
sous la glace.

Table des matières